LAS NOVELAS DE LEÑADORAS

LIBRO PRIMERO: *EL PODER DEL UNICORNIO*

LIBRO SEGUNDO: *LA LUNA ESTÁ ARRIBA*

LEÑADORAS

LA LUNA ESTÁ ARRIBA

LIBRO SEGUNDO

MARIKO TAMAKI
CON ILUSTRACIONES DE BROOKLYN ALLEN

BASADO EN LOS CÓMICS DE LAS LEÑADORAS,
CREADO POR SHANNON WATTERS, GRACE ELLIS,
NOELLE STEVENSON Y BROOKE ALLEN

TRADUCCIÓN DE INGA PELLISA

Rocaeditorial

TÍTULO ORIGINAL EN INGLÉS: *LUMBERJANES #2: THE MOON IS UP*

© DEL TEXTO Y LAS ILUSTRACIONES: BOOM! STUDIOS
LUMBERJANES TM & © 2018 SHANNON WATTERS,
GRACE ELLIS, NOELLE STEVENSON & BROOKE ALLEN.

TODOS LOS DERECHOS RESERVADOS.

PRIMERA PUBLICACIÓN EN LENGUA INGLESA EN 2018 POR AMULET
BOOKS, UN SELLO DE HARRY N. ABRAMS, INCORPORATED, NUEVA YORK

(TODOS LOS DERECHOS RESERVADOS EN TODOS LOS PAÍSES POR
HARRY N. ABRAMS, INC.)

PRIMERA EDICIÓN: FEBRERO DE 2019

© DE LA TRADUCCIÓN: 2019, INGA PELLISA
© DE ESTA EDICIÓN: 2019, ROCA EDITORIAL DE LIBROS, S. L.
AV. MARQUÈS DE L'ARGENTERA 17, PRAL.
08003 BARCELONA
ACTUALIDAD@ROCAEDITORIAL.COM
WWW.ROCALIBROS.COM

IMPRESO POR EGEDSA
ISBN: 978-84-17305-66-6
DEPÓSITO LEGAL: B. 269-2019
CÓDIGO IBIC: YFC
CÓDIGO DEL PRODUCTO: RE05666

PARA JAKE Y ALEX.

M. T.

PARA MI AMOR, SHAWNEE,
Y PARA NUESTROS CUATRO
GLORIOSOS HIJOS:
LINUS, SADIE-SUE,
BAXTER Y PG.

B. A.

MANUAL DE CAMPO DE LAS

LEÑADORAS

PROMESA DE LAS LEÑADORAS

Me comprometo solemnemente a dar lo mejor de mí

día tras día, y en todo lo que haga,

a ser fuerte y valiente,

honesta y compasiva,

interesante e implicada,

a atender y cuestionarme
el mundo que me rodea,

a pensar en las demás primero,

a proteger y ayudar siempre a mis amigas,

~~A practicar la oración y tener fe en Dios,~~ *AQUÍ VENÍA UNA FRASE SOBRE DIOS O ALGO*

y a hacer del mundo un lugar mejor

para las Leñadoras

y para el resto de la gente.

PRIMERA PARTE

¡ASTRONO-MÍ-MÍ-MÍA!

«¡OH, CIELOS!»

El universo es un lugar muy, pero que muy, pero que muy grande, en el que hay más de cien mil millones de galaxias, cada una con más de cien mil millones de estrellas, entre ellas esa tan enorme que llamamos Sol. En este sentido, el estudio del universo proporciona a las exploradoras una perspectiva indispensable de lo diminutitas que somos en realidad en el contexto general de las cosas.

El conocimiento de los cuerpos celestes aporta múltiples beneficios. Las antiguas leñadoras estudiaban las estrellas para orientarse y trazar sus rutas por tierra y por mar. Y es que saber localizar la Osa Mayor puede ser de gran utilidad para encontrar el camino de vuelta a casa, o tal vez el camino hacia una nueva aventura.

En último término, el estudio de la astronomía, de los planetas a los púlsares, nos permite empezar a responder a la eterna pregunta de «Dónde estamos?», y toda leñadora que posea esta insignia sabrá que la auténtica respuesta es...

1

Comenzaba un nuevo día en el Campamento para Chicas Molonas de miss Qiunzella Thiskwin Penniquiqul* Thistle Crumpet, y Jo estaba tumbada en la litera, con la cabeza apoyada en los brazos, sus ojos marrones clavados en el techo… pensando.

Cuando no estaba en el campamento, Jo se podía pasar el día entero perdida en sus pensamientos (que era una expresión que no le gustaba nada, porque daba a entender que estaba «perdida». Y ella no estaba perdida. Solo estaba… pensando).

¿Y en qué pensaba?

En muchas cosas, realmente.

Entre ellas:

La mecánica de las poleas.

---

* Pronunciado Pe-ni-qüi-quel.

Si había desconectado la alarma del despertador antes de salir hacia el campamento.

Si había visto o no a una criatura desembarcando de una estructura de apariencia lunar unos días antes.

Y también en las Leyes del Movimiento de Newton.

Parafraseando, las Leyes de Newton dicen que una cosa seguirá haciendo lo que sea que esté haciendo, como sea que lo esté haciendo, hasta que aparezca una nueva fuerza y diga algo como:

Ese día, esa fuerza fue April, cuyos intensos ojos verdes, enmarcados por su melena de un vivo rojo cereza, asomaron por encima de la litera de Jo.

LA LUNA ESTÁ ARRIBA

Su voz resonó por toda la cabaña:

—¿¡Estás preparada para un nuevo capítulo de nuestro verano más aventurero!?

A April, que era una de las mejores amigas de Jo desde siempre y compañera suya en la cabaña Roanoke, a menudo la describían como una «fuerza»: una fuerza arrolladora, una fuerza de la naturaleza, y cosas así.

Ese día iba con algo de prisa, porque había mucho que hacer y… Bueno, la verdad es que siempre había mucho que hacer. Y la verdad es que April siempre iba con algo de prisa. Por suerte, ir con prisa y ser leñadora eran dos cosas que combinaban bien.

Jo se incorporó, y la cabeza le rozó el techo de la cabaña mientras colgaba las piernas por el borde de la litera.

—Sí, preparada.

—¡Sin la menor duda! —April se ajustó el lazo blanco que le recogía el pelo—. Pues ¡pongámonos en MARCHA como buenas leñadoras!

Hacía de nuevo un día increíblemente bonito, y afuera el cielo parecía pintado por un niño: era de un azul intenso, con tres nubes esponjosas y un sol amarillo brillante que desplegaba sus rayos sobre ese hogar lejos de casa que acogía a las Leñadoras en verano.

¿Acaso no era ese otro día perfecto para ser leñadora? Desde luego que sí, porque, aunque ya lo hemos dicho antes, merece la pena repetirlo: prácticamente cualquier día es un día perfecto para ser leñadora.

April y Jo cruzaron el patio a la carga y dejaron atrás el fogón de piedra, el mástil, las pistas de voleibol y los bancos de pícnic en dirección al comedor. Aunque, técnicamente, era April la que iba a la carga; Jo la acompañaba con parsimonia. April tenía las piernas mucho más cortas, pero de todos modos a ella le GUSTABA andar así. Jo tenía las piernas larguísimas y prefería caminar con zancadas amplias y firmes y las manos en los bolsillos. Que supiesen avanzar a la misma velocidad andando cada una a un paso y un ritmo completamente distintos era una prueba de la antigua amistad que las unía.

Y también debía de ser un puntal de su amistad que a April le gustase tanto hablar como a Jo estar en silencio y pensar. Si las dos hubiesen sido un par de parlanchinas, la suya habría sido una amistad bastante ruidosa.

April respiró hondo.

—Hace un día espléndida, escandalosa e incuestionablemente fabuloso, ¿verdad? Yo creo que sí.

Jo respiró hondo también. Era verdad. El aire olía a pino, a sol y a oportunidad.

Hacía poco, las muy intrépidas exploradoras de la cabaña Roanoke —April, Jo, Mal, Molly y Ripley— habían acometido el ascenso a una montaña que luego resultó no ser una montaña, sino una ruta de frecuente desaparición que conducía hasta una sociedad de seres de lo más panchos llamados núbeos. Aventura que había supuesto también el descubrimiento de una manada de olorosos y sin embargo mágicos unicornios.

LA LUNA ESTÁ ARRIBA

Fue un día bastante épico.

Hoy comenzaba uno nuevo y April estaba lista para más épica.

Se frotó las manos, con su melena rubí destellando al sol.

—¿Has dedicado tu mañana de callada reflexión a pensar cómo vamos a petarlo en las Guerras Galácticas? —April lo dijo como la presentadora de un concurso de la tele, ¡GUERRRRRAS GALÁC-TICAAAAS!

Jo sonrió. Su pelo era castaño y no destellaba al sol, pero aun así tenía un tono muy satisfactorio.

—No —respondió—. ¿Y tú, has dedicado tu mañana de no tan callada reflexión a pensar cómo vamos a petarlo en…?

—Pues sí, me he tomado un momento para reflexionar sobre ese asunto en concreto durante mis reflexiones matutinas, ¡EN EFECTO! —April cerró las manos en un par de poderosos puñitos—. O sea —hizo una inspiración preliminar—, está claro que vamos a arrasar A TOPE en las Guerras Galácticas. Porque somos una pasada. Y si se escogiese la MEJOR cabaña…, que, a ver, la mayoría de las clasificaciones de cualquier clase son subjetivas, pero si se pudiese hacer un ranking más o menos ordenado usando algunos elementos clave como quiénes están más preparadas y lo tienen todo más aprendido, entonces ¡la cabaña más alucinante tendría que ser LA NUESTRA!

Jo esperó mientras April recuperaba el aliento. A ella lo de ganar no era lo que más le interesaba. No entraba siquiera en su Top 50, para ser sinceras. Pero para April estaba en el Top 10 de prioridades. En esos momentos, debajo de la litera de April, había una pila de libros sobre las estrellas y los planetas, y debajo de la almohada, un polvoriento tomo de diccionario enciclopédico, el *Le-Lu*, que comprendía temas como lepidópteros, literatura y, lo más importante: lunas.

—O sea —prosiguió April, poniéndose de nuevo en pie—, evidentemente no se trata de ganar o perder, ser leñadora no consiste en eso, así que no es lo que nos preocupa a nosotras, como leñadoras. Evidentemente, se trata de pasarlo bien, y nos los pasaremos bien, claro, porque es lo nuestro.

Y enseguida le vino a la mente un pensamiento claro como el agua, un pensamiento que decía: «Eso y GANAR».

—Evidentemente —coincidió Jo.

Hay que decir que Jo tenía media cabeza en lo que decía April y la otra media en aquella nave con forma de luna que había visto aterrizar entre los árboles desde la ventana de la cabaña la otra noche. Tras el avistamiento, Jo había seguido lo que para Jo era el protocolo habitual: intentar recopilar más información. Esto es, saltar de la cama en plena noche linterna en mano y husmear entre los arbustos durante una hora, hora en la que no descubrió nada más que un ingobernable nido de ardillas a las que no gustó mucho la intrusión.

Jo se preguntaba si habría sido un sueño.

Un sueño muy vívido, muy real.

El pensamiento debió de reflejarse en su cara como un destello.

LA LUNA ESTÁ ARRIBA

Como una libélula dando brincos por las aguas tranquilas de un lago en verano.

April la miró intrigada al notarlo.

—Eh… —dijo, y estaba a punto de preguntarle a Jo qué andaba pensando cuando la puerta del comedor se abrió de golpe y fueron engullidas por la cacofonía del desayuno.

2

Es importante hacer MUCHO, MUCHO RUIDO en el comedor cuando se es una leñadora. Ayuda a una buena digestión. Y si no sabes masticar y/o eructar ruidosamente, siempre puedes aporrear la mesa con los cubiertos y/o cantar alguna canción. Y canciones, si eres leñadora, tienes un montón. Como esa del GANSO, la GRANJERA y la GÁRGOLA jugando al GOLF. Una canción que, curiosamente, se titula: «Un martes de mayo con miss Maggy Marple».

En la mesa, Ripley, la miembro más pequeña pero más potente de la cabaña Roanoke, no estaba cantando ninguna canción, sino defendiendo su récord de 143/4 tortitas de una sentada. El día anterior, Sally Smithereen, de la cabaña Roswell (que tenía el récord de batidos por un total de seis) había estado a un pelo de arrebatárselo, pero había cometido el error de novata de añadir una pizca de beicon vegetariano a la mezcla, y a partir de ahí todo había ido cuesta abajo.

Como solía pasar.

La clave de cualquier récord, como sabe toda leñadora, es la concentración. Y Ripley, cuando se trataba de comer tortitas, la tenía. Cuando no estaba comiendo tortitas, Ripley tendía a distraerse con cositas brillantes (*brillante* era uno de los cinco adjetivos preferidos de Ripley, junto con *achuchable, redondito, mullido* y *saltarín*).

Además de desayunar, Mal y Molly, dos Roanoke particularmente inseparables, estaban practicando con el acordeón de cara a la inminente prueba para conseguir la insignia de Acordes Acordeones. Como con cualquier insignia musical, esto implicaba actuar para Drucilla Johnstone II, la cascarrabias pero a la vez entrañable directora de música del campamento, que dominaba, entre otros muchos instrumentos, la tuba, la flauta, la batería, la guitarra, la cítara, la flauta dulce, el mirlitón, la armónica y el violín. Drucilla evitaba por todos los medios la luz del día, y la música disco le parecía toda ella abominable, pero era buena profesora.

Si querían conseguir las insignias, las exploradoras tenían que tocar para ella, sin errores, una canción de su elección y tres escalas.

La música, sin duda, estaba en la lista de cosas favoritas de Mal, junto la resolución de problemas y Molly, de la que estaba prendadita. La madre y la abuela de Mal le habían enseñado a tocar diversos instrumentos desde que tenía uso de razón. Uno de sus primeros juguetes había sido una batería de peluche que se llamaba BANG.

Mientras recorría con los dedos los botones y las teclas de su acordeón, Mal miró a Molly, que estaba concentrada en su partitura con una intensidad típicamente mollyana.

Antes del campamento, aunque le gustaba escuchar la radio, la música no estaba ni entre las cien cosas favoritas de Molly. Antes del campamento, no había probado jamás a tocar un instrumento musical, pero ahora le estaba cogiendo el gusto a esto de practicar con Mal, sobre todo porque prácticamente cualquier cosa que hiciera con Mal terminaba siendo mucho más divertida que todo lo que pudiese hacer con cualquier otra persona. De hecho, le estaba gustando tanto que hasta se estaba planteando apuntarse al Club de Flauta.

Por desgracia, era algo complicado, porque se trataba de un club bastante secreto, y nadie contaba qué había que hacer para formar parte de él o dónde se suponía que había que ir.

Muy raro.

Mientras Pompitas, el mapache, fiel mascota y calentador de cabeza, echaba una cómoda siestecita en su cocorota, Molly miraba las notas aguzando la vista e intentaba que sus dedos fuesen adonde se suponía que debían ir.

—¿Qué vais a tocar mañana en la prueba? —les preguntó April—. ¿La clásica tonada leñadora «Una tarde trepidante con Tía Tawny Tooberang»?

—¿Esa es la del armadillo Arturo que aborrece las alcaparras? —preguntó Jo.

Molly negó con la cabeza.

—No encontré la partitura, así que voy a tocar «Frère Jacques» —Molly afianzó los dedos sobre las teclas del acordeón—. Va de un monje que se queda dormido.

—Y yo tocaré «Bohemian Rhapsody», de Queen —dijo Mal—, que va de relaciones.

—¡Santa Siouxsie Sioux! —April se dejó caer en el banco con un plato repleto de tortilla de queso y pan tostado—. Pero ¿esa canción no es dificilísima?

Mal se encogió de hombros.

—Bueno, es una suite que contiene multitud de secciones y que está considerada la fusión definitiva entre música clásica, *hard rock* y *rock* progresivo… Pero no es para tanto.

—Caray. —April asintió admirada—. ¡Eso sí que es un reto operístico!

—*Fa a jer igreíble* —dijo Ripley, sonriendo con la boca llena de tortita.

Jo la miró con la ceja levantada.

—Eh, Rip, ¿cuántas tortitas llevas ahí?

Ripley le enseñó diez dedos pegajosos.

La gente tiene por costumbre decir cosas curiosas e interesantes, en plan: «Se come con la boca, no con los ojos», lo que significa que has calculado un poco mal; o sea, que creías que un menú, o una madalena, o lo que te has servido en un bufet te iba a caber en el estómago. Pero no. En realidad es una forma de decir que tu estómago tiene el tamaño que tiene, porque, comas lo que comas, siempre te lo vas a comer por la boca, no por los ojos. A lo mejor no valía la pena pensar en estas cosas. O a lo mejor era la clave de todo.

Jo había dedicado una cantidad de tiempo considerable a preguntarse si Ripley tenía un estómago extremadamente grande o si lo que pasaba era que quemaba energía a un ritmo tan rápido haciendo cosas de Ripley que necesitaba combustible sin parar.

—¡Eh! —Molly levantó la vista de la partitura—. ¿Dónde está Jen?

—Trabajando en las Guerras Galácticas, por supuesto —respondió April.

Las Guerras Galácticas eran el proyecto fetiche de Jen, la extraordinaria monitora de la Roanoke (si con «proyecto fetiche» nos referimos a «obsesión»).

—¿Soy yo o llevamos días sin verla? —preguntó Mal—. Hace como… tres días que no se molesta siquiera en dejarnos una lista de cosas por hacer. Ni nos dice que tengamos cuidado. Yo ya no sé ni dónde tengo los calcetines.

¡DONG! ¡DONG! ¡DONG!

—¡ATENCIÓN, LEÑADORAS!

La directora del campamento, Rosie, Jen y el resto de monitoras se colocaron en la parte delantera del comedor. Rosie, con una enorme sartén de hierro en una mano y una cuchara de madera en la otra, era la encargada de los dongs.

—¡ATENCIÓN! —bramó Rosie, con voz potente y acerada, como metal recién afilado.

El alboroto fue apagándose en un murmullo de dientes masticando y curiosidad.

Rosie dejó la sartén y se colocó bien las gafas de pasta con montura ojo de gato.

—¡BIEN! ¡Esta noche arranca la Primera Edición Oficial de las Guerras Galácticas de las Leñadoras, organizadas por nuestras propias monitoras, entre ellas Jacqueline, de la cabaña Roanoke! ¡Un aplauso para ella!

Un clamor de proporciones volcánicas estalló en la sala. Todas las exploradoras se pusieron en pie para aplaudir a sus esforzadas monitoras.

—Me llamo Jen —susurró Jen, aplaudiendo también con su fiel portapapeles bajo el brazo—. Siempre Jen.

—¡SÍÍÍ, JEEEN! —vitoreó Mal.

—¡YUUPIIII! —gritó Ripley.

Jo se limitó a sonreír, porque Jo no era tan de «YUPIS» como sus compañeras de cabaña.

Jen dio un paso al frente, con su uniforme de monitora impecable y una sonrisa que era la sonrisa esperanzada de la chica rarita a punto de ver cómo sus sueños cobran forma. Jen tenía muchos sueños, entre ellos una pesadilla recurrente en la que buscaba a sus exploradoras por un enrevesado laberinto de hiedra espesa, todo ello vestida con un pijama peludito de cuerpo entero y una gorra de béisbol en la que ponía: «SI AMAS LA JUSTICIA, DALE A LA BOCINA».

Pero este no era un sueño de esos.

Este era uno de esos sueños en los que te esfuerzas mucho por conseguir que algo se haga realidad y ese algo se hace realidad.

—¡Muy bien, exploradoras! ¡Estamos todas superemocionadas de traeros este evento increíble lleno de... EVENTOS... alucinantes! —Los ojos de Jen brillaron mientras contemplaba la multitud de exploradoras a punto de embarcarse en aquella experiencia fantástica. ¡Fantástica de verdad!

—Ejem. —Su compañera monitora Vanessa le dio un codacito a Jen, que en su contemplación había olvidado mencionar los... *eventos* en sí.

—¡Sí! —Jen revisó su portapapeles—. ¡VEAMOS! Las Guerras Galácticas consistirán en cuatro días de actividades, que tendrán lugar todas ellas una vez se ponga el sol. La primera noche, la de hoy, habrá una yincana por todo el recinto del campamento, y mañana tendremos una competición sorpresa.

Las cejas de April se elevaron todo lo que pueden elevarse las cejas de una persona.

—Espero que sea de baile —dijo Ripley con un suspiro—. Pompitas y yo llevamos toda la semana ensayando el chachachá.

Pompitas, que era principalmente la mascota de Molly, pero

también la pareja de baile de Ripley, estuvo de acuerdo con un «chirp».

—Y el día siguiente —prosiguió Jen—, ¡celebraremos un torneo de trivial con un toque inconfundiblemente leñador!

Mal deseó que no tuviese nada que ver con lagos. Ni con ríos. Ni con agua en general.

—Y, por último, el plato fuerte: ¡la carrera de obstáculos definitiva!

El comedor irrumpió en un clamor ensordecedor.

A las Leñadoras les encantaban los obstáculos. Porque los obstáculos no te impedían ser una exploradora increíble: los obstáculos eran lo que te CONVERTÍA en una exploradora increíble.

—La cabaña que gane cada jornada recibirá veinticinco puntos, y las que queden en segundo y tercer lugar recibirán quince y diez puntos respectivamente. ¡La cabaña que tenga mayor número de puntos al final de estas cuatro noches gana! —exclamó Jen con una sonrisa—. Anunciaremos el premio esta noche en el primer evento. —Jen levantó un dedo—. Venid preparadas. Todas las actividades serán nocturnas, ¡así que traed las linternas!

—Muy bien, exploradoras —gritó Vanessa—, tenéis el resto del día para dedicaros a vuestra tareas, insignias y responsabilidades. ¡Zodiac, os toca limpieza de establos!

Con grititos y chillidos de alegría, las exploradoras salieron en tromba del comedor.

15

3

Esa mañana, rato después, Jo iba caminando del taller de forja a la biblioteca cuando divisó una nube de pompas de jabón llevadas por la brisa. No es que fuera algo completamente inesperado, pero sí lo bastante curioso como para que Jo echase una ojeada al otro lado tratando de ver de dónde salían. Encontró a BunBun sentada en la escalera de atrás.

BunBun era la hija de la chef Kzzyzy Koo y una persona muy interesante. Ese verano, le había dado por ponerse unas orejitas de gato. Unas orejitas de gato, NO de conejo.

—Eh, BunBun —la saludó Jo cantarina.

—Estoy muy ocupada —respondió BunBun, muy seria, soplando en el pequeño pompero de plástico y lanzando una nueva ráfaga de pompas a la brisa.

BunBun andaba siempre muy ocupada haciendo sus cosas. La

semana anterior, Jo la había visto acariciando la hierba. Cuando su madre la llamó, BunBun le respondió: «¡Estoy MUY OCUPADA!». Y luego continuó acariciando la hierba otros cinco minutos antes de marcharse a hablar con un árbol.

Al otro lado del mogollón de burbujas, procedente de la cocina, se oían el chorro de voz de Janis Joplin y las notas agudas de la chef Kzzyzy Koo, bramando al son de la música entre el repiqueteo de ollas y sartenes, una orquesta de metal y voz. Kzzyzy Koo no cocinaba si no era con los ingredientes más frescos y al son de una lista de reproducción de música de los años sesenta. Es más, cultivaba sus propias verduras y hierbas (pronunciado «yerbas», en este caso), con ayuda de las exploradoras que querían conseguir la insignia ¡Madura de una vez!

Decían que en su vida anterior, Kzzyzy Koo no tenía acceso a productos orgánicos, pero que había ido de gira por todo el mundo como batería en alguna de las bandas de rock de una larga lista de posibilidades.

Ahora era una chef que se pasaba todo el proceso de preparación de los platos cantando con unos alaridos que se oían desde la otra punta del campamento.

Jo se acercó a BunBun.

—Qué pompas tan bonitas.

—YA LO SÉ —respondió BunBun con sequedad.

Kzzyzy apareció en lo alto de la escalera, con su melena azul, que le llegaba por la cintura, recogida en un moño alto increíble-

mente enorme y la cara encendida por el calor de los hornos y del sinfín de ollas y sartenes que tenía hirviendo y chisporroteando dentro.

—¡Eh, Jo!

La saludó con la mano y luego se arrodilló y miró a BunBun:

—Eh, ¿has estado picoteando el queso, BunBun?

BunBun frunció el ceño.

—¡NO!

—¡Huesos de santo! —refunfuñó Kzzyzy. Ese día llevaba su delantal de ¡HORA DE KOO-MER!, que se había manchado ya de varias salsas y especias. Puso los brazos en jarra—. ¿Y entonces cómo es que me falta una libra de queso de cabreja alasqueña?

—Eso es mucho picotear —apuntó Jo.

—Pero si a mí NI SI-QUIE-RA me gusta el queso de CA-BRE-JA alasqueña —exclamó BunBun a gritos perfectamente vocalizados, agitando la mano y lanzando al aire otro reguero de pompas—. A mí me gusta el CHED-DAR, me gusta el GOU-DA, me gusta el HA-VAR-TI himalayo con agujeros.

A Jo le gustaban el parmesano, el provolone y el pecorino; a poder ser, pasteurizados.

Kzzyzy se enderezó y se rascó la cabeza.

—Entonces ¿dónde está el alasqueño que falta?

A lo lejos, Jo vio a Rosie cruzando la hierba como una apisonadora con lo que parecía una red enorme echada al hombro. BunBun siguió la dirección de su mirada.

—Aquí siempre están pasando un montón de cosas —le dijo a Jo.

—Cierto —respondió Jo, dando por hecho que BunBun se refería a un montón de cosas inexplicables.

—Y NO TODAS tienen que ver con QUESO —insistió BunBun.

—Solo alguna que otra —coincidió Jo.

BunBun hizo aparecer como por arte de magia un maletín. Se dio un golpecito en las orejas y se levantó, con las pompas murmurando todavía en el aire.

—Tengo que irme —le dijo a Jo—. Tengo una reunión importante. Estoy MUY ocupada.

Jo la contempló mientras se alejaba y luego cayó en la cuenta de que ella también tenía cosas que hacer.

«Mmmm —se dijo para sus adentros—, queso...»

4

La Primera Ceremonia Oficial de Inauguración de la Primera Edición Oficial de las Guerras Galácticas de las Leñadoras tuvo lugar a esa hora que las personas mayores que gustan de pasear por la playa llaman «la hora mágica».

(Que es justo antes de que se ponga el sol.)

Las exploradoras estaban en el comedor terminándose la cena cuando se oyó un repentino ¡CLONG! ¡CLONG! ¡CLONG! ¡CLONG!

Ripley se levantó de un salto y a punto estuvo de perder la bola de su cucurucho.

—¡SANTA CARRIE FISHER, YA ES LA HORA!

Pompitas merodeaba en busca de un bocadito helado por el hombro de Ripley, que corría ya hacia fuera.

April agarró a Jo de la manga.

—¡¡Vamos!!

Salieron todas en tropel al patio… y allí se encontraron con otro mundo.

Ripley soltó un suspiró pletórico.

—¡UAAALAAA!

Basta decir que Jen y el resto de monitoras del Campamento para Chicas Molonas de miss Qiunzella Thiskwin Penniquiqul Thistle Crumpet se habían superado a sí mismas. Cosa bastante típica de las Leñadoras. ¿Para qué limitarse a hacer lo justo cuando era mucho mejor hacer lo máximo?

La entrada del comedor estaba adornada con un arco de luces centelleantes y el suelo se hallaba cubierto por una galaxia de constelaciones pintadas con pinturas no tóxicas. Guirnaldas de bombillas de diferentes colores envolvían el campamento con su parpadeo rosa, azul y blanco. Las luciérnagas, sin saber que formaban también parte del espectáculo, iban zumbando de aquí para allá.

—Es como estar flotando en un mar de estrellas —dijo Molly maravillada, mientras giraba lentamente con los brazos extendidos para contemplarlo todo—. El espacio sin los inconvenientes de un viaje espacial.

A Jo le recordó al planetario, cuando iba con sus padres de pequeña.

En cada cabaña había una banderita tras la que aguardaba una panda de exploradoras emocionadas y expectantes. Las Zodiac

LA LUNA ESTÁ ARRIBA

—Barney, Emily, Hes, Wren y Skull— se sacaron sus cintas de estrellas de los bolsillos y se las colocaron en la frente. Parecían tipas duras. Como un ejército solar. A punto para una batalla solar.

—Qué pasada, las Zodiac —dijo Ripley, y saludó a Barney, que le devolvió el saludo alborozade, con la estrella dorada reluciendo en contraste con su pelo negro como el azabache.

—Nosotras tendríamos que ponernos también algo de estrellas —apuntó Molly.

—¡Oooh! —Mal alargó la mano y le hizo una caricia a Pompitas—. O podríamos nombrar a Pompitas la mascota del equipo.

Molly miró al animal, que se estaba relamiendo el helado de sus labios de mapache.

—A lo mejor le podríamos hacer un gorrito de luna o algo.

Rosie subió al estrado que había junto al mástil con unas gafas en forma de estrella en lugar de sus habituales monturas ojo de gato. Se dirigió a la multitud ojiplática de exploradoras.

—¡BIENVENIDAS, LEÑADORAS! ¡A TODAS LAS CABAÑAS, SI NO OS HABÉIS COLOCADO TODAVÍA, BUSCAD VUESTRA BANDERA Y REUNÍOS TRAS ELLA!

Las chicas de la Roanoke se apiñaron junto a la suya, que para alegría de Ripley era del mismo tono de azul que su mechón de pelo.

Rosie alzó la mano pidiendo silencio.

—Como todas sabéis, estas son nuestras primeras Guerras Galácticas de las Leñadoras, y vuestras monitoras y yo hemos dedicado un tiempo considerable a decidir cuál podría ser la mejor recompensa para la cabaña ganadora.

April se frotó las manos.

—El equipo que gane recibirá el TROFEO DE LAS GUERRAS GALÁCTICAS con sus nombres grabados en él, y su retrato colgará en el comedor lo que queda de verano.

—Por la gran lady Dana Deveroe —soltó Mal con un silbido, en recuerdo de aquella antigua leñadora que ahora vivía en las nubes y que estaba obsesionada con ganar cosas y con que la gente la recordara por ello.

—Y además… —Rosie abrió la mano para mostrarles un reluciente broche plateado en forma de cometa— ¡cada exploradora de la cabaña recibirá la Insignia Celeste!

—Cómo briiiiiilllaaaa —exclamó Ripley.

El resto de exploradoras soltaron también los «aaaaahhh» de rigor.

—Vamos a CONSEGUIR esa insignia —les susurró Hes a sus compañeras de la Zodiac.

April las observó. Sus competidoras. Luego volvió a mirar la insignia. «Que te crees tú eso», se dijo para sí misma.

Jo levantó la vista al cielo y pensó que esas estrellas que vemos en lo alto, desde la Tierra, son estrellas que tal vez se apagaron hace años, lo que las convierte en una especie de fantasmas espaciales. «Y si existen los fantasmas espaciales, ¿qué no habrá allí arriba?», se preguntó.

—Eh. —April le dio un codacito en las costillas, sonriendo—. ¡No es momento de tener la cabeza EN LAS NUBES!

Jo puso los ojos en blanco.

—Ya empezamos con los juegos de palabras espaciales…

Rosie se volvió a guardar en el bolsillo la Insignia Celeste.

—¡Mucha suerte, exploradoras!

25

5

Alguien le dio al PLAY en alguna parte, y los compases divinos de Tasmin Archer inundaron el campamento. La puerta del comedor se abrió con un crujido y dejó escapar una espectacular nube de humo rosa. Mientras el humo se deslizaba por los escalones y se extendía sobre las estrellas pintadas del suelo, una hilera de monitoras apareció entre la bruma con unos cascos como peceras y guantes plateados.

—¡Santa Sally Ride! —Molly se llevó las manos a las mejillas.

La música se fue apagando, y una de las astronautas dio un paso al frente y se quitó el casco… ¡ERA JEN!

—¡Viva, Jen! —la vitoreó Ripley—. ¡SUPERASTRONAUTA!

Jen sonrió y se llevó a los labios su megáfono intergaláctico.

—¡LEÑADORAS! ¡EN NOMBRE DE LA LIGA GALÁCTICA, DOY COMIENZO A LA YINCANA SIDERAL!

LA LUNA ESTÁ ARRIBA

¿Qué es una yincana sideral y por qué es tan emocionante?

Bueno, en primer lugar, prácticamente cualquier yincana, que consiste en ir encontrando cosas por medio de pistas, es emocionante. Una yincana coge la típica pregunta «¿Dónde está tal cosa?» y la responde con otra pregunta: «No lo sé, ¿por qué no usas la cabeza y la encuentras tú misma?».

Pero una yincana leñadora no es una yincana como las demás. En los primeros, PRIMERÍSIMOS tiempos de las Leñadoras, las yincanas duraban tres días con sus tres noches, tanto que al final nadie recordaba ya qué era lo que andaban buscando.

—¡LEÑADORAS! Tenéis que poner en práctica vuestros conocimientos de astronomía (y aquí las exploradoras que cuenten con la insignia de Astrono-mí-mí-mía partirán con gran ventaja) para encontrar ocho esferas, una por cada uno de los ocho planetas que el resto de monitoras y yo hemos escondido por todo el campamento.

Las Roanoke, que tenían todas la insignia de Astrono-mí-mí-mía, sonrieron de oreja a oreja. Evidentemente. Es decir: cuando tu monitora es la astronomobsesa Jen aprendes unas cuantas cosas sobre planetas y estrellas.

—El juego termina cuando hayáis encontrado todas las esferas. Y la cabaña que encuentre más, ¡GANA! —anunció Jen. No podía dejar de sonreír. Porque, a ver, o sea: ¿planetas, estrellas y actividades guiadas para las exploradoras? ¿Qué podía ser mejor?

—VENGA —gritó Vanessa, adelantándose con otro megáfono.

—EXPLORADORAS, ¡EMPEZAMOS!

—PARKERS…

—LISPECTORS…

—¡JONG!

¡MEEEEEEEEEEEC!

¡Ahí vamos!

—¡EN FORMACIÓN GRACE HOPPER! —gritó April, señalando al cielo con una pose teatral digna de la ocasión. Sus compañeras se dispusieron en dos filas—. De acuerdo, exploradoras —prosiguió, y apoyó las manos en los hombros de Jo y Ripley, inclinada adelante con aire conspirador—. Esta noche será la primera de nuestra trascendental victoria sideral, el primer paso hacia la grandeza planetaria.

—Vale —respondió Molly.

—Empecemos por el principio —dijo April, y sacó un boli—. Hagamos una lista de todos los planetas que hay, que es AL FIN Y AL CABO una lista de todas las esferas que encontraremos en nuestro camino a la victoria.

—De acuerdo. Mercurio —respondió Mal, y se puso a hacer recuento con los dedos.

—Venus —añadió April.

—¡La Tierra! —exclamó alegre Ripley—. ¡Marte! ¡Júpiter! ¡Saturno!

—Urano y Neptuno —dijo Jo.

Mercurio

LA LUNA ESTÁ ARRIBA

Venus

Tierra

Marte

Júpiter

Saturno

Urano

Neptuno

April se miró el brazo.

—Así que sabemos que las características de cada planeta son las pistas que indican dónde está escondido. Y eso puede ser el tamaño del planeta…

—O algo que ver con su temperatura —añadió Mal.

—O con su atmósfera —señaló Ripley exaltada—. O con el color.

—O a lo mejor está relacionado con su distancia respecto al sol —propuso Jo, visualizando en su cabeza un mapa del campamento y diversos círculos representando las esferas de los planetas en torno al sol.

—O con sus nombres —dijo Mal.

Jo pasó mentalmente las páginas de su ejemplar desvencijado de *Todo lo que quería saber (y más) sobre mitología romana*. Y justo en ese momento, la cara de Molly se iluminó como una bombilla, o como una estrella.

—¡Ya lo tengo!

6

Qué se esconde en un nombre? Técnicamente, nuestro nombre es algo que nos ponen cuando nacemos, lo que significa que es algo que escoge, el primer día de nuestra existencia, alguien que nos acaba de conocer, al menos en persona.

A April le pusieron ese nombre porque a su madre le gustaba el mes de abril.

A Mal le pusieron ese nombre por un personaje de una telecomedia de los años ochenta que a su madre le parecía muy divertida.

A Molly le pusieron ese nombre por su bisabuela.

A Ripley le pusieron Ripley por la película de alienígenas favorita de su padre.

Jo era la única persona de la cabaña que había escogido ella misma su nombre. Fue cuando tenía diez años. Le gustaba que tuviese solo dos letras, le recordaba a la tabla periódica.

A los planetas también les ponían nombre, no unos padres, sino las personas que los veían por primera vez en el cielo y pensaban: «Eh, diría que eso es un planeta». La mayoría eran romanos. Seguramente por eso los planetas llevan casi siempre nombres de dioses griegos y romanos.

(Es cierta, aunque rara, la historia de que al planeta Urano se le llamó también en su día Herschel, por el astrónomo William Herschel, que lo había descubierto, aunque él quería ponerle la Estrella de Jorge, por el rey Jorge III.

Totalmente cierta.

De todos modos, molaría que un planeta se llamase Herschel, ¿no os parece? O Jorge. O Cati. Cati estaría bien.

No es casualidad que, de pequeña, Jo tuviera un microscopio de juguete al que llamó Herschel el Microscopio.)

—Mercurio… —iba diciendo Molly sin aliento, mientras cruzaba volando el campamento a la cabeza de las Roanoke—, se llama así por Mercurio, el mensajero, ¿verdad?

—Correcto —respondió también sin aliento April, apretando el paso.

—¿Y qué sitio se asocia con los mensajes? —preguntó Molly.

—¿La caseta del correo? —preguntó April.

—Ya no hay caseta del correo —les recordó Jo.

Años atrás, una panda de ardillas intrusas la había invadido en busca de galletas, y ahora la caseta del correo era una simple saca que Rosie guardaba bajo llave en su despacho.

A todas las exploradoras de la Roanoke les vino de pronto la misma imagen a la cabeza. April chasqueó los dedos:

—¡EUREKA!

Mal sonrió a Molly.

—Eres tan inteligente… —le dijo admirada.

Jo asintió. Ripley dio un salto en plena carrera.

—¡La cabina telefónica! —susurraron todas, para que el resto de cabañas, zumbando alrededor, no descubriesen sus planes.

La cabina telefónica ya no era en realidad una cabina operativa, porque la mayoría de las cabinas que quedan son meras reliquias históricas que la gente señala diciendo: «Oh, mira, una cabina». La del campamento tenía hasta disco giratorio para marcar, lo que tal vez pueda achacarse a un rollo nostálgico (que es cuando la gente echa de menos cosas que ya no se encuentran por ahí). Parecía una cabaña de madera pero en pequeño, sin función real alguna ni razón de ser. ¿De qué servía una cabina telefónica en mitad del bosque? Corría el rumor de que, si marcabas cierto número secreto, la cabina saltaba a otra dimensión, pero April aún no había averiguado cuál era.

Y no era que no lo hubiese intentado, conste.

Acelerando el paso, las chicas de la Roanoke cruzaron por delante de la biblioteca y rodearon las cuadras en dirección a la cabina, que estaba medio escondida, remetida en un bosquecillo de pinos.

—¡¡OJO!! —gritó April, señalando entre los árboles—. ¡AHÍ!

LA LUNA ESTÁ ARRIBA

Eran las Zodiac, que, como saltaba a la vista, habían tenido la misma idea que ellas y corrían hacia la cabina desde el otro lado de las cuadras. April apretó los dientes. ¡Las Zodiac estaban cogiendo velocidad!

Las exploradoras de la Zodiac eran muchas cosas, entre ellas, por desgracia en este momento, muy rápidas. Hes y Emily eran ambas las estrellas de sus respectivos equipos de baloncesto, y ahora la cabaña al completo arremetía por entre los árboles concentrada en el mate.

Jo tuvo otra idea.

—¡Eh, Rip! —Bajó los brazos formando un aro—. ¿LANZAMOS UN COHETE RIPLEY?

Ripley le respondió con una sonrisa picarona.

—¡SSSÍÍÍÍÍÍÍ!

Y dicho esto, Ripley cogió carrerilla, saltó y plantó un pie en las manos de Jo, que la impulsó con toda su fuerza y la mandó volando por los aires con la velocidad de un cometa, cortando el espacio, como un rayo en dirección al objetivo.

—¡COHETEEEEEEEEE RIIIIIPLEEEYYYYYY!

April se hizo visera con las manos.

—Ahí va.

Mal siguió con los ojos entornados a la cada vez más lejana Ripley.

—¡Ahí va!

Jo, por supuesto, había trazado mentalmente la trayectoria probable de Ripley teniendo en cuenta la velocidad media, el peso, la altura y la ripleydad general.

—Tres, dos… —contó Jo en un susurro. Molly sonrió—, y…

¡RIPLEY… ZUUUUUM!

Ripley aterrizó en un lecho de agujas de pino, rebotó y cayó de pie a unos pasos de la cabina. Dio una voltereta agazapada y luego se levantó y cruzó a toda velocidad las puertas de la cabina. Ahí estaba, resplandeciendo como una joya sónica de un naranja radical encima del aparato.

—¡YA LO TENGO! —gritó Ripley, saltando a lo alto de la cabina y alzando la esfera con una mano.

¡MERCURIO!

7

El campamento era un caos: los haces de las linternas se balanceaban en la oscuridad y se oían voces gritando: «¡POR AQUÍ!», y: «¿¡POR DÓNDE!?», y: «¡¡¡POR AQUÍ!!».

Los búhos ululaban posados en sus ramas, y torcían la cabeza en ángulos imposibles, molestos, porque lo de hacer ruidos raros por la noche era *su* especialidad.

Las monitoras, todavía con los cascos puestos, vigilaban apostadas detrás de los árboles y en lo alto de los tejados mientras las exploradoras se devanaban los sesos en busca de una pista sobre el escondite de los planetas.

La Zodiac le arrebató a la Roanoke la esfera siguiente, Saturno, que estaba escondida por la zona de labores de punto de la cabaña de artes y oficios. Porque Saturno, como sabe toda exploradora que posea la insignia de Astrono-mí-mí-a o la de No madejes así, tiene lunas pastoras.

Pastoras → Ovejas → Lana.

Un poco rebuscado, pero bueno, vale.

—Brrrrr —refunfuñó April mientras salían dando pisotones de la cabaña de artes y oficios y los gritos de alegría de las Zodiac se desvanecían en la oscuridad a sus espaldas.

—Al menos hemos acertado con el sitio —las consoló Molly.

—Estas pistas son… curiosas —respondió Jo.

Molly parpadeó, escudriñando la oscuridad. Resultaba extraño, pensó, ver lo que la propia oscuridad ofrecía a la vista: todo un mundo aparte de formas y sombras.

—Lo que necesitamos —dijo Molly, apuntando con la linterna a su cara llena de determinación— es un PLAN-eta.

—¡EH! —Mal chasqueó los dedos—. ¿Marte no era el dios de la guerra?

—Entre otras cosas —señaló April, que había hecho sus investigaciones.

—¿Qué es lo más parecido a un arma que tenemos aquí?

Molly entornó los ojos pensativa.

—¿Estás pensando en la arquería?

—Estoy pensando *mucho* en la arquería —respondió Mal sonriendo.

April levantó una ceja ante aquella muestra de telepatía. Era una novedad parejil.

LA LUNA ESTÁ ARRIBA

—Las dianas están en la otra punta del campo —dijo Jo echándose a la carrera.

—¡Podemos conseguirlo! —Molly conocía bien esa sección del campamento desde que había descubierto que era una crack con el arco, algo que jamás habría imaginado antes de convertirse en leñadora.

Tras varios minutos corriendo, April divisó su objetivo.

—Ya la veo —chilló emocionada, señalando a lo lejos la esfera resplandeciente—. Ven a mis manos, reluciente esfera de la victoria.

Mal miró por encima del hombro sin dejar de correr.

—¿Habéis oído eso?

April abrió los ojos con sorpresa.

—¿Lo he dicho en voz alta?

—Eso no. —Mal negó con la cabeza—. ¡ESO!

Frenaron todas con un derrape. En realidad lo que había oído Mal eran varios sonidos: ramas partiéndose, unos pisotones atronadores y un griterío victorioso e inconfundible.

Jo frunció el ceño.

—Pero ¿qué puñetas?

Con un destello glorioso, las Zodiac, a lomos de un alce enorme y majestuoso, saltaron por encima de las agazapadas exploradoras de la Roanoke y galoparon todas juntas hacia el objetivo. Una vez allí, Hes, en equilibrio sobre la cornamenta retorcida de su alce, alargó el brazo y arrancó la brillante esfera roja de entre un puñado de flechas cruzadas que habían clavado en el blanco de la diana.

LA LUNA ESTÁ ARRIBA

—¡TOMA! ¡¡TOOOMAA!! —exclamaron las Zodiac todas a una.

—¡LA ESFERA ES NUESTRA! —celebró Hes.

—¡SÍÍÍÍÍ! —exclamó Wren.

Y dicho esto, las Zodiac se perdieron en la noche al galope.

—Pero ¿¡qué PUÑETAS!? —bramó April, agitando los puños en el aire.

—Eso sí que pica —añadió Molly.

Pompitas soltó un gruñido.

—Exacto —coincidió Jo.

—¡VENGA YA! ¿¡UN ALCE?! —refunfuñó April—. ¿¡Ahora usan ALCES!? Pero ¿¡eso se puede hacer!? ¿Puedes recurrir a efectivos CÉRVIDOS así como te dé la gana?

—No creo que haya ninguna regla que impida recurrir a efectivos cérvidos —dijo Jo pensativa, bastante segura de que no debía de haber ninguna, pese a que había un montón de normas para ser leñadora y Jo se sabía la mayoría, porque eso era como lo suyo.

Se oyó un coro de *ladriditos* desde la cocina, donde las Roswell habían encontrado la Tierra en el jardín. Porque, o sea, LA TIERRA.

—Esto es inALCEptable —dijo April, y cruzó los brazos con enfado.

Jo se dio unos toquecitos en la barbilla.

—Entonces la cosa está en dos planetas para la Zodiac, uno para nosotras y… por lo que se oye, uno para la Roswell.

—Muy bien, Leñadoras. —April se puso en pie—. Ya estamos metidísimas en materia. Alces a un lado, planetas pendientes al otro… —Apretó el puño y asintió levemente con la cabeza—. Ha llegado el momento de la grandeza. Ha llegado el momento de pasar al… PLANeta B.

—Bien jugado, amiga mía. —Jo sonrió.

April, todavía con el puño apretado, sonrió también.

—Me quedan TAAAAAANTOS juegos de palabras planetarios en el bolsillo, chicas…

8

Se oyó un crujido entre los árboles. Una astronauta llegó casi flotando al bosquecillo para informarlas, con voz amortiguada, como si hablara desde una pecera, de que habían sido localizados otros tres planetas.

Urano, también conocido como Herschel, estaba escondido en el neumático que servía de columpio detrás de la cabaña de Rosie. Claramente alguien de la Woolpit, lo más seguro Maxine P., había recordado que Urano es el único planeta que rota tumbado.

Las Dartmoor habían encontrado Júpiter, el más grande de todos, junto al lago, tal vez porque este planeta posee el océano más extenso del sistema solar; si bien, como señaló Jo, ese océano está formado sobre todo por helio e hidrógeno.

Las exploradoras de la Dighton habían encontrado Neptuno en

el congelador, junto a un montón de polos y una terrina enorme de mantequilla de cacahuete congelada (que no debían de pintar nada en la competición).

—¿Soy yo… —preguntó Mal— o está todo un poco sacado de la manga?

—Bueno, hay muchos planetas y muchas pistas que inventarse… —respondió Molly—. No seamos muy duras con quien se haya encargado del tema.

—Solo queda uno —anunció la astronauta—. ¡A por él, exploradoras!

—Venga, chicas. —April estrelló el puño contra la palma de la otra mano—. ¿Somos EXPLORADORAS? ¿O somos RATONAS?

—Somos exploradoras —respondió Ripley—, pero los ratones también son majos.

—¡A ver! —dijo Jo, alzando la linterna como si fuese una antorcha—. El único planeta que queda es VENUS. Vamos a concentrarnos todas mucho, mucho, para averiguar dónde puede estar.

Y se concentraron todas. Mucho, mucho.

En plena Jocavilación, Jo oyó lo que le pareció un susurro por encima del hombro izquierdo. Era mucho más pequeño que un alce. Se dio la vuelta y alcanzó a ver un destello cruzando como un rayo la arboleda. Como la luz de una linterna, pero más tenue. Como un resplandor. ¿Sería una de las monitoras?

Enfocó la linterna en dirección al ruido, pero lo único que vio fue un agujero en la oscuridad.

LA LUNA ESTÁ ARRIBA

—Vale, idea —anunció Mal—. Y sé cómo podemos llegar hasta allí sin que nadie nos detecte.

—¿Nos arrastramos por el suelo como orugas? —propuso Ripley—. ¿Cavamos un túnel?

—Nooo. —Mal alzó su linterna y, clic, la apagó—. No pueden *vernos* si no nos ven.

—¡En modo furtivo! —susurró April excitada.

—¿Y cómo lo vamos a hacer para no chocar con los árboles? —preguntó Molly.

—Ooh… —Mal miró su linterna—. Buena pregunta.

—Si tuviéramos un gatito mágico de visión nocturna… —dijo Ripley.

Los gatitos mágicos de visión nocturna, si bien son un fastidio cuando una está intentando dormir, son increíblemente útiles a oscuras. Y con los gatitos láser, lo mismo.

—¡Eh! —Jo levantó el dedo y señaló con él la cabeza de Molly—. Pero ¡sí que tenemos!

—¡POMPITAS! —exclamó Ripley.

—Los mapaches tienen una excelente visión nocturna —señaló Jo—. Y Pompitas se conoce bien el campamento.

Molly había recurrido a Pompitas para buscar suministros en los ataques de dinosaurios que habían vivido, pero nunca en plena noche. Se llevó el brazo a la cabeza y arrancó de ahí a Pompitas.

—Eh, coleguita —le dijo en un susurró—, ¿nos harías un favor?

Pompitas respondió con un «chirp» afirmativo, y Mal le explicó adónde tenían que ir.

En formación de conga, con Pompitas a la cabeza, las chicas de la Roanoke se encaminaron hacia el que Mal había determinado que era el escondite del último planeta.

—La enfermería —susurró Ripley cuando se fueron acercando.

—¡Claro! —exclamó April… en voz bajita.

Jo pensó, pero no lo dijo, que daba la impresión de que eran las únicas a las que se les había ocurrido que el último planeta pudiera estar allí. (Jo no era muy fan de decir en voz alta cosas evidentes para cualquiera que mirase a su alrededor. Ay, si hubiese más gente como Jo.)

Había un montón de sitios en los que las monitoras podían haber escondido el planeta asociado con la diosa del amor. Tal vez las pistas de tenis, porque «love», que significaba amor, era también la palabra que se utilizaba cuando tenías cero puntos en un partido. Había también un árbol justo al lado de la roca con forma de tortuga —la favorita de Jo— que estaba lleno a rebosar de cartas de amor, aunque solo dos exploradoras lo sabían.

Había sido Vanessa, monitora de la Zodiac, famosa por llevar el pelo peinado en unos pinchos que parecían de hierro, la que había escogido el desfibrilador, una máquina que se usa para poner en marcha corazones, en parte porque llevaba un corazón dibujado tal cual en un lado. «Al menos alguna de las pistas tendría que ser UN POQUITO obvia», había argumentado Vanessa. A Jen todas las pistas le parecían obvias.

La esfera que representaba a Venus estaba pintada para que pareciese ámbar agrietado. Mal y Molly llegaron hasta ella a la vez. Y ambas dieron un paso atrás y se sonrieron con timidez.

—Cógela tú —ofreció Mal, sonrojada.

—No, no pasa nada —respondió Molly sonriendo—, cógela tú.

—Nooo, en serio, cógela.

—Podríamos cogerla juntas —murmuró Molly.

—¡YA LA TENGO! —Ripley apareció en medio y agarró la esfera—. ¡MÍA!

Ripley acababa de meterse aquella resplandeciente esfera naranja en el bolsillo cuando se oyó un estruendo metálico. Las monitoras-astronautas recorrían el campamento de punta a punta anunciando: «¡YA HAN APARECIDO TODOS LOS PLANETAS! ¡QUE TODAS LAS CABAÑAS SE REÚNAN DE INMEDIATO EN EL PUNTO DEL CAMPAMENTO QUE REPRESENTA EL SOL!».

—El sol… quema —dijo Ripley.

—Y está en el centro de *este* sistema solar —añadió Jo.

—El comedor —exclamó April—. ¡El horno está en el comedor!

A las puertas de la enfermería, el campamento retumbaba con el ruido de los pasos de una multitud de exploradoras corriendo hacia el comedor, abriéndose camino por entre los árboles y tomando a la carga los senderos que llevaban al estrellado punto de partida de todo aquello, soltando gritos de alegría mientras las luces de las linternas bamboleaban en la oscuridad.

Justo delante de los escalones del comedor, Pompitas, que iba corriendo junto a Molly, se detuvo y olisqueó el aire, curioso.

—¡Vamos, Pompitas! —lo llamó Ripley, que estaba ya subiendo los peldaños de dos en dos.

Pompitas hizo una serie de chasquiditos, como un reloj inquieto.

—¿Qué pasa, Pompitas? —le preguntó Jo, y se arrodilló a su lado escudriñando la oscuridad—. ¿Has visto algo?

LA LUNA ESTÁ ARRIBA

Pompitas volvió a olisquear el aire nocturno.

—¡VENGA! —los llamó Mal desde lo alto de la escalera.

Subieron todas corriendo al comedor, donde Kzzyzy Koo, con un traje plateado, y BunBun, con un mono verde de alienígena, las esperaban junto a las monitoras.

—¡BIENVENIDAS A LA PIZZA PARTY DEL CENTRO DEL UNIVERSO! —proclamó Kzzyzy.

Y dicho esto, se hizo a un lado para revelar una pizza gigantesca en forma de sol, recién salida del horno, esperando sobre la mesa. Abrazada a su portafolio, Jen esperó a que el alboroto por la pizza se apaciguara.

—¡FELICIDADES A TODAS POR UNA YINCANA BIEN YINCANEADA! Y nuestra especial enhorabuena a la ROANOKE y a la ZODIAC, que van en cabeza con dos esferas cada una. ¡Y tres hurras por TODAS las exploradoras que han exprimido su ingenio para encontrar unos planetas muy bien escondidos!

¡Hip hip!

¡HURRA!

—¡EMPATE! —gritó April, y le lanzó a Jo una mirada que a esta le pareció satisfecha pero también tremendamente decidida a hacerlo mejor la próxima vez.

—Y ahora… —anunció Rosie—. Una noche de acción como esta merece un…

—¡Eh! —gritó BunBun, señalando la pizza—. ¡MIRAD!

La pizza, decorada con hasta el último ingrediente imaginable, incluidos unos generosos pegotes de mozzarella, tenía un bocado enorme en un lado.

—¡AJ, VENGA YA! —bramó Kzzyzy—. ¿En serio? Pero ¿¡qué Mary Berrys está pasando aquí!?

El bocado era del tamaño de una ensaladera.

—Hummm… —murmuró Rosie, examinándolo—. Bueno, al menos sabemos que no es un karactópodo.

Barney, miembre de la Zodiac y muy leíde, se adelantó a la multitud.

—No es un bocado grande —señaló, mirando más de cerca—. Son montones y montones de bocaditos. Lo que significa que seguramente es algo pequeño. Las mordeduras parecen casi de…

Jo asomó la cabeza por encima del hombro de Barney:

—¿De roedor?

Barney asintió.

—¡Bueno! —Kzzyzy se precipitó hacia la cocina—, medias lunas de mermelada y mantequilla de cacahuete para todas. ¡Que no cunda el pánico!

Mal miró a Molly, que miró a Ripley, que miró a April, que miró a Jo.

—En este campamento a alguien le gusta mucho el queso —dijo Jo en voz baja—. Pero que mucho.

9

La mañana siguiente, el misterio de la pizza desaparecida había quedado olvidado entre las muchas muchas muchas otras cosas que tenían las Leñadoras en la cabeza un día cualquiera.

Para Molly, que estaba sentada delante del estudio de música de Drucilla Johnstone II, un cubículo negro sin ventanas y con una puerta curiosamente estrecha, esas cosas eran las notas:

DO-RE-MI-DO-DO-RE-MI-DO

—Yo no he hecho nunca un examen de música —dijo, con el acordeón apoyado en la rodilla derecha y la izquierda temblando de nervios.

A Molly no le habían gustado nunca los exámenes. Tenía a menudo la pesadilla de que el lápiz se le rompía mientras estaba haciendo un examen. Y una vez había tenido un sueño en el que se suponía que se estaba examinando, pero el único lápiz disponible medía dos metros y medio y no llevaba goma.

Mal, que llevaba el acordeón colgado al pecho, le dio un empujoncito juguetón.

—¡Lo harás genial! ¡Esto está chupado!

—No me puedo creer que escogieras una canción tan difícil —le dijo Molly—. ¡La mía tiene como doce notas y me estoy poniendo histérica! Pero tú tienes, en plan, ¡mil!

—No es TAN difícil —le respondió Mal, tan pancha—. En casa me aprendo una canción nueva a la semana.

Dentro del estudio de música había alguien haciendo la prueba para conseguir la insignia de Dale cuerda con una versión en punteo de «Chelsea Morning».

—¿Y si la fastidio? —se preguntó Molly en voz alta.

—En primer lugar, no la vas a fastidiar —la tranquilizó Mal con una dulce sonrisa—. Intenta pensar en algo bonito. Y en segundo lugar… —Mal la abrazó por los hombros y la estrechó contra ella—, aunque la fastidiaras, seguirías siendo increíble.

—Gracias —respondió Molly, con las mejillas sonrosadas.

Por fin la música cesó y se oyó un arrastre de sillas.

—Vale. —Mal apretó la frente contra la frente de Molly—. Tú puedes.

Justo en la esquina, Jo iba de vuelta a la cabaña cuando se cruzó con Rosie, que ese día, en lugar de una red gigante, llevaba una saca marrón en la que decía CORREO.

LA LUNA ESTÁ ARRIBA

De todas las tareas de las que se encargaba Rosie como directora del campamento, la del correo era la que más probablemente describiría como un «grano en el culo Premium Express tamaño megalosaurio». Muy poca gente sabía quién traía el correo al campamento desde el mundo exterior, o alcanzaba a imaginar la complejidad que entrañaba la tarea, que hacía poco había acabado por derrotar a Herman Opal Fluffy, el último cartero. Herman había renunciado poco después de que lo encontraran subido a un árbol del bosque que rodeaba el campamento, blanco como la cera y repitiendo maquinalmente: «Todos esos dientes… Y esos ojos TAN grandes…». Por suerte, el nuevo cartero tenía UN MONTÓN de dientes y los ojos enormes, con lo que Rosie esperaba sinceramente que se remediara la situación.

—Buenos días, Jo —la saludó Rosie con un rápido movimiento de barbilla al pasar.

—¡Buenos días, Rosie! —le respondió Jo.

Rosie estaba a punto de perderse a toda prisa en la distancia cuando chasqueó los dedos.

—¡Ah, Jo! —Descargó la saca en el suelo, metió la mano y sacó un sobre blanco, grande y grueso. Tan blanco que relucía al sol. Se lo tendió a Jo—. ¡Casi me olvido! Te ha llegado esto.

Jo hizo girar la carta entre las manos. El sobre llevaba un membrete muy lujoso en el remitente. Se lo reenviaban sus padres, que habían garabateado la dirección del campamento encima de la etiqueta original con esos rayajos crípticos que hasta a ella le costaba descifrar.

—Parece algo oficial —dijo Rosie, echándose otra vez la saca al hombro—. ¡Que tengas un día provechoso!

Y se esfumó adondequiera que se esfume la gente como Rosie, muy a menudo con bolsas y manojos y cubos de cosas.

Jo miró la carta que tenía entre las manos.

La sensación no era muy distinta a la que tendría en una lejana superficie lunar, sola y descolocada, súbitamente fuera de órbita.

10

Uno de los mensajes más importantes recibidos jamás por una leñadora había llegado por correo tras un viaje de muchas lunas. Era un rollo, sellado con cera de abeja color rojo amapola y escrito con tinta de calamar, que decía: «El mundo no es plano. El mundo es redondo. Adaptad los planes en consecuencia».

Para Jo, la carta que sujetaba entre las manos tenía la misma trascendencia.

Sentada en una roca en mitad del bosque, Jo miraba fijamente el texto, con los ojos como platos.

El Centro de Investigación y Desarrollo Científico tiene el placer de ofrecerle una plaza exclusiva en el Curso de Astronomía Avanzada y Relatividad que se realiza dentro de nuestro programa de verano, con incorporación inmediata.

A Jo le empezaron a sudar los dedos y dejó unas manchitas redondas en el grueso membrete.

—Pero yo no he presentado ninguna solicitud para el Curso de Astronomía Avanzada y Relatividad… —le dijo Jo, en voz alta, a la carta.

Su admisión en este programa ha tenido en cuenta el conjunto de méritos y logros en los campos de la ingeniería mecánica y la física cuántica que constan en su expediente, así como el primer puesto obtenido recientemente en el certamen «Reinventa la rueda» de las Olimpiadas Académicas. No era necesario presentar solicitud.

—Ah —dijo Jo.

Aquella parecía una oportunidad bastante importante.

Esta es en efecto una oportunidad increíble que solo se presenta una vez en la vida, le confirmó la carta.

Jo siguió leyendo.

—¡Santa Maryam Mirzakhani! —exclamó sin aliento.

La directora del programa era la profesora Ellis Watters Stevenson Allen III.

Correcto.

Jo se mordió el labio. La profesora Ellis Watters Stevenson Allen III era la autora de algunos de los teoremas sobre los viajes espaciales más dinámicos jamás concebidos. Dos de sus teorías habían salido publicadas cuando tenía diecisiete años.

Técnicamente, dieciséis y medio, la corrigió la carta, algo

engreída. Es decir, si es que te interesa ponerte técnica al respecto.

Trabajar con alguien así podía marcar toda tu carrera. Esta clase de oportunidad…

Puede cambiarte la vida, señaló la carta.

—Un momento —dijo yo tras releer el primer párrafo—. ¿El programa comienza de inmediato?

La admisión en el programa requiere que los y las estudiantes se personen en el instituto antes de…

Jo siempre se había imaginado que algún día haría algo así, que trabajaría con científicas famosas, que podría convertirse ELLA misma en una científica famosa. Sus padres habían estudiado los dos en el Centro de Investigación y Desarrollo Científico antes de pasar a otros centros.

Tarde o temprano, Jo lo sabía, esa oportunidad llamaría a su puerta.

Y aquí me tienes, dijo la carta.

—¡Eh! —Ripley apareció entre los árboles—. ¿Qué haces?

—Ah. —Jo se metió la carta en uno de los muchos bolsillos de su abrigo—. Nada.

—Vale, hum. —Ripley se pisó una zapatilla con la otra y enlazó los brazos por detrás de la espalda—. Estaba pasando el rato con Barney, pero ahora tiene que ayudar a la Zodiac con el concurso de cabañas.

—¿El concurso de cabañas? —Jo levantó la vista al cielo y

reparó por primera vez en que ya era casi de noche. El cielo estaba violeta.

Jo bajó de un salto de la roca, con sus sensores April zumbando.

—¡Aymimadre, Rip! ¡Tenemos que ir enseguida!

Y cogidas de la mano, se echaron juntas a la carrera.

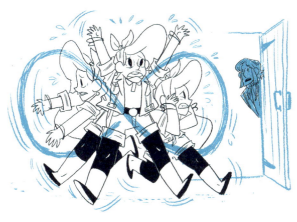

11

Jo llegó justo a tiempo para un ataque de locura Roanoke pura. Enfrente de la cabaña había un batiburrillo de cosas, la mitad de las cuales, por una vez, parecían enredadas alrededor de Molly y no de Ripley.

April hacía todo lo posible por organizar un plan con calma y serenidad.

De momento no lo estaba consiguiendo.

—Neptuno es frío, ¿verdad? —decía, caminando en frenéticos círculos—. Entonces ¿qué hacemos? ¿Carámbanos? ¿O mejor copos de nieve? ¿Es demasiado obvio? ¿Es MALO que algo sea obvio?

—¡Eo! —saludó Jo, que frenó derrapando con Ripley junto a la cabaña y el caos.

April las miró con el ceño fruncido, sin dejar de caminar.

—Pero ¡¿dónde LOUISE FITZHUGH estabais metidas!?

—En el bosque con Barney —la informó Ripley con tono formulario.

Jo miró a Ripley.

—Yo, eh…, también. En el bosque —respondió con una sonrisa nerviosa—. Pero ya estoy aquí. ¿Qué pasa?

April le señaló la hoja de papel que le había entregado BunBun.

—Bueno, ya tenemos planeta para el CONCURSO CÓSMICO DE CABAÑAS. ¡Y nos ha tocado NEPTUNO! Que, EN PRIMER LUGAR, tiene que ser, de lejos, el planeta más difícil que te puede tocar en un concurso de decoración. EN SEGUNDO LUGAR, tenemos una hora para decorar la cabaña y a nadie se le ocurre nada. EN TERCER LUGAR…

—¿En tercer lugar…? —le preguntó Jo.

—Vale, la verdad es que son solo esas dos cosas —reconoció April—. PERO ¡SON UN MONTÓN Y ME ESTOY PONIENDO DE LOS NERVIOS!

—Tenemos cordel —dijo Molly, mientras desenrollaba la maraña de cintas que se le habían enroscado en torno a los brazos en plan momia no sabía cómo.

Jo miró al cielo. Por todos los mininos sagrados, se estaba haciendo tarde.

Mal abrió la boca para decir algo. Y es que, normalmente, Mal tenía un montón de ideas.

Pero.

Se quedó con la boca abierta. Callada.

LA LUNA ESTÁ ARRIBA

Molly, todavía desenredándose las cintas del brazo, levantó una ceja.

—¿Estás bien, Mal?

Mal se encogió de hombros.

Jo dejó la mirada perdida hacia la cabaña.

—Eh… Bueno. Vale.

Su cerebro intentaba plantear alguna ecuación, pero lo único que oía Jo era la carta que llevaba en el bolsillo.

59

Ejem. Solo un breve recordatorio. Una grandiosa oportunidad. En tu bolsillo. Ahora mismo.

—En Neptuno hay vientos —dijo April, más que nada para sí, caminando en círculos de circunferencia cada vez mayor—. Hay vientos, ¿no? ¿Sirve eso? ¿Podemos hacer viento con cintas? ¿Queda raro? Queda raro, ¿verdad? Suena raro. ¿Es raro? ¿O está bien?

—Yo creo que raro está bien —la ayudó Molly.

April miró a Jo. Ella no podía oír lo que Jo estaba oyendo, pero sí que veía su cara. Jo estaba claramente perdida en sus pensamientos, un lugar en el que April sabía que su amiga pasaba un montón de tiempo. Pero había algo más. April no terminaba de descifrar qué era.

—¿Jo? —April alargó el brazo y rozó la mano de Jo—. ¿Estás bien?

—Eh… —Jo volvió la cabeza para mirar a April—. ¿Qué? ¿Neptuno? Vale. Neptuno.

Lo bueno de las ideas es que, si a ti no te viene ninguna a la cabeza, es muy PROBABLE que a otra persona se le ocurra alguna que tomar prestada.

Esa es una de las mejores cosas de tener amigas.

Lo inteligentes que son.

Ripley recordó de pronto la mansión encantada que había montado con su familia y que incluía un viento ululante y estremecedor que soplaba por la casa abarrotada de gente.

—¡YA LO SÉ YA LO SÉ YA LO SÉ! —exclamó Ripley, agitando la mano en el aire para captar la atención de todas—. ¡Tengo una idea genial! Pero ¡Jo tiene que construir una cosa primero!

12

El jurado de decoración de cabañas estaba formado por Rosie, la directora del campamento, Kzzyzy Koo, la cocinera, y Karen Sietemares, la instructora náutica con debilidad por los blocs de notas y los barcos impolutos.

Que además era mujer loba.

Algo que no afectaba a su juicio pero que parece conveniente mencionar porque el universo es un lugar maravilloso lleno de gente con habilidades y conocimientos inesperados.

El cielo parecía ya un paraguas de estrellas heladas cuando las juezas, portafolios en mano, empezaron a avanzar por entre el desfile de cabañas decoradas.

Es posible que estés pensando: «Eh, pero ¿las Leñadoras no eran robustas aventureras que escalaban montañas y se columpiaban colgadas de enredaderas y hacían fuego con un par de palos?».

Eh…, CLARO.

MUCHAS sí.

Pero eso no significa que no sean unas manitas como la que más.

Las Leñadoras saben hacer ganchillo, pulseras de scoubidou, triples trenzas con limpiapipas y lo PETAN con las lentejuelas.

Las Leñadoras tienen una formación tan multidisciplinar que hasta hay una insignia llamada Tutti Frutti, que las exploradoras consiguen tras obtener al menos tres insignias distintas de tres disciplinas y contextos distintos.

Jo se había hecho con ellas gracias a su afición por tejer tapices (la insignia Lo has bordado), al béisbol (la insignia Bate que te bate) y a los haikus (la insignia 5-7-5).

Muchos tubos de pegamento, tarros de brilli brilli y cajas de limpiapipas después, las cabañas estaban listas para recibir al jurado.

A las Roswell les había tocado Saturno y habían construido unos auténticos anillos de raíles que rodeaban la cabaña y por los que avanzaban resoplando unos pequeños trenes lunares.

—Estas exploradoras van a por TODAS —dijo Kzzyzy maravillada, con los ojos iluminados.

—Es un tren de vapor —explicó Tabby, de la Roswell.

¡CHU-CHÚ!

En la Zodiac, las juezas fueron recibidas por un comité de Zodiacs, todas con armadura.

—¡Bienvenidas a MARTE! —anunció Mackenzie, también conocida como Skulls—. ¡El planeta que lleva el nombre del dios de la guerra!

Hes encendió una cerilla y la tiró al suelo.

Al instante, se desató una lluvia de chispas rojas que iluminaron la cabaña con una furiosa luz ardiente. Barney montaba guardia enfundade en su armadura, con un enorme extintor en las manos.

—La seguridad, lo primero —exclamaron.

—Qué maravilla —dijo Rosie, garabateando en su portafolio.

—Me ha gustado el detalle de la seguridad —añadió Kzzyzy, señalando a Barney con la barbilla.

Barney había conseguido hacía poco la insignia Más vale prevenir que curar, para la que tuvo que aprender al menos una docena de formas de prevenir al menos una docena de posibles peligros (una insignia que, curiosamente, no incluía ninguna indicación para desenchufar todo lo que hubiese en casa antes de salir para evitar incendios).

—Arrrg, no está mal —comentó Karen Sietemares.

Las Zodiac chocaron los cinco.

—Lo tenemos en el BOTE —dijo Wren.

Las juezas dieron media vuelta y consultaron el listado.

—La siguiente cabaña es la… Roanoke —dijo Kzzyzy.

Rosie levantó la vista de la hoja con una sonrisa.

—Venga, ¡vamos a ver!

La Roanoke era visible a cien pasos de distancia. Caray, debía de ser visible desde el espacio.

Re-lu-cí-a.

Con un resplandor azul, profundo y siniestro.

Como el oscuro corazón del océano, pero en el espacio. Gracias a un cubo de pintura fosforescente que había mezclado Molly, la cabaña entera estaba ahora pintada de brillantes franjas de azul y morado.

—Pues eso… —comentó Jen para sí desde su rincón imparcial, con el resto de monitoras— con agua no se va.

Más de cerca, el Neptuno que habían creado las Roanoke estaba experimentando un huracán perpetuo, impulsado por una bicicleta de viento que había montado Jo (siguiendo la idea de Ripley) con una vieja bicicleta estática, muchas gomas elásticas y unos cuantos abanicos de papel plegado. Cuando April pedaleaba, la bicicleta agitaba los abanicos, que a su vez creaban una corriente de aire que hacía que las cintas que Ripley había pegado con celo al techo y las paredes de la casa danzaran frenéticamente.

Es difícil de explicar, pero el efecto era una auténtica pasada.

En el tejado, Ripley y Pompitas, vestidas con una descabellada mezcla de cordel y limpiapipas y totalmente empapadas de pintura fosforescente, se retorcían y sacudían como alienígenas tambaleándose en pleno huracán neptuniano.

(Si te fijabas un poco, recordaba un poco a un chachachá con dos o tres meneos más de regalo.)

—Bienvenidas —saludaron a las juezas Molly, Jo y Mal, también pintadas de azul.

—Esto es Neptuno, es el planeta más remoto de nuestro sistema solar, un gélido vendaval huracanado —dijo Molly.

—Impresionante —respondió Karen Sietemares, echando un vistazo a sus notas.

—Es muy… ¡creativo! —coincidió Rosie, risueña, y escribió algo en el portafolio.

Karen Sietemares se despidió de las Roanoke con una sonrisa:

—Un azul muy bonito, exploradoras.

—La siguiente es… —Rosie echó un ojo a la lista.

Mientras las juezas se alejaban, Mal suspiró y se tendió en la hierba.

—En serio —dijo Molly, con gesto de preocupación, y se sentó a su lado—. ¿Estás bien?

Mal juntó las yemas de sus dedos índice y empezó a golpetear una con otra nerviosamente.

—Antes, en el estudio de música… No he pasado la prueba. He cometido demasiados errores y no he conseguido la insignia.

—¡Oh! —Molly le puso la mano en el hombro con suavidad—. Pero ¡no pasa nada! Como tú decías, que no hagas algo a la perfección no significa que no sigas siendo increíble.

—No es lo mismo —dijo Mal quedamente, frotándose la nuca—. Para mí no es lo mismo. Es *música*.

—¿Y? —le preguntó Molly, ladeando la cabeza.

—¡Que yo soy la de la música! —estalló Mal, lanzando los brazos al aire—. Tú eres la supermona, inteligente y comprensiva con dotes para el arco.

—Bueno —replicó Molly—, yo no…

Mal señaló a April, que miraba muy atenta la cabaña con un dedo apoyado en la barbilla.

—April es la pelirroja luchadora de espíritu ganador. Jo es la inteligente y equilibrada. Ripley es el cohete de pelo azul amante de los animales. —Mal se llevó ahora las manos al pecho—. ¡Y yo soy la de la música, la del pelo y la ropa guay!

—¿Qué pasa? —preguntó Jo, acercándose y rascándose la nariz, porque la pintura fosforescente DayGlo pica mucho.

—Que no he conseguido la insignia —masculló Mal, y se puso de pie.

—Bueno, ¿y puedes volver a intentarlo? —preguntó Jo.

LA LUNA ESTÁ ARRIBA

Mal se metió las manos en los bolsillos.

—Si la música no es lo mío, entonces ¿¡qué lo es!?

Y dicho esto, entró abatida en la cabaña.

—¡Eh! —April apareció por la esquina—. ¿Quién se encargaba de las lunas?

—¿DE LAS LUNAS? ¡YO! —Ripley saltó del tejado—. ¿Por qué?

—Neptuno tiene trece lunas —respondió April señalando las paredes de la cabaña.

—Y YO *hice* trece lunas —exclamó Ripley—. Las hice con papel, celo, pegamento y purpurina amarilla y blanca y un poco de azul, pero no mucha. —Se puso a recorrer la cabaña mientras contaba—. Una, dos, tres, cuatro, cinco, seis, siete… ocho, nueve, diez, once, doce… Eh…

Molly se encogió de hombros.

—¿Vosotras creéis que las habrán contado?

Jo estaba medio escuchando y medio mirando hacia los árboles, tratando de ahogar la voz de la carta, que seguía murmurando en una recámara de su cerebro, cuando divisó, en la linde del bosque, una franja de blanco y un destello de amarillo de lo que podía ser perfectamente una luna a la fuga.

—Había trece hace solo un minuto —dijo Ripley con el ceño fruncido—. ¡Os lo juro por diosa!

De pronto Jo echó a correr, hacia el bosque, con la luz de la linterna rebotando en la oscuridad.

—¡Eh! —gritó April—. Pero ¿adónde Roxane Gays vas?

13

A veces la mejor manera de averiguar adónde va alguien es seguirlo. ¡Y rápido! Ripley fue la primera en pillar a Jo con su turbo ripleyano.

—¿Adónde vamos?

—Me pareció ver algo en el bosque unas noches atrás —explicó Jo resoplando, internándose en la espesura—. Un resplandor misterioso.

—Pero ¿qué puñetas! —exclamó April cuando las alcanzó—. ¿Viste un resplandor misterioso? —Apretó los labios en una recta enfurruñada, lo cual no es nada fácil cuando una está corriendo.

—¡Ni siquiera estaba segura de si era real! —dijo Jo, sin dejar de correr—. Además, no te puedo contar todo lo que me pasa por la cabeza a todas horas, April.

LA LUNA ESTÁ ARRIBA

April lanzó los brazos al cielo.

—¿Qué significa eso? ¡Yo sí que te lo cuento todo!

—Ah, mira —resopló Mal, mientras Molly y ella esprintaban para atrapar a las demás—. Ya hemos llegado a esa parte en la que vamos todas hablando y corriendo.

—Al menos esta vez no hay unicornios apestosos —apuntó Molly.

—De momento —añadió Mal.

En la espesura, bajo la luz de una luna casi llena, se colocaron en formación de Lilith inversa, lo que significa que formaron un círculo en el que todas miraban hacia fuera. Una manera muy apropiada y circular de peinar el terreno.

—Vale —dijo Jo, enfocando su linterna hacia el suelo—. Todo el mundo despacio, la mirada a tierra.

—Vale —respondió Ripley—. ¿Y qué estamos buscando?

—Una luna y un ladrón de lunas —explicó Jo, examinando el terreno con la linterna.

—¡UUUH! ¡UUUH! —Ripley se puso a bailar sobre un punto del terreno—. ¡MIRAD! ¡LA PURPURINA! ¡LA PURPURINA QUE USÉ!

Bajo la luz de la linterna de Ripley destellaba un fino rastro de confeti brillante hecho de flores gordotas con reflejos holográficos. A Ripley le gustaba tanto el brilli brilli que, si fuese comestible, se lo comería.

Jo se arrodilló y pasó un dedo por el reguero de confeti.

LA LUNA ESTÁ ARRIBA

—Esto nos servirá para encontrar la luna.

—Como miguitas de pan de oro —dijo April.

El camino de purpurina se hundía serpenteando en la espesura. Se adentraba hasta la zona más profunda y oscura del bosque, adonde apenas llegaba la luz del campamento. Allí, oculta tras unos pinos, había una siniestra caverna.

—Nos encontramos ante una cueva oscura y profunda —susurró Molly con una voz seria como de Dungeon Master. Molly, además de buena arquera y amante de los mapaches, era una superfán de los juegos de mesa y de Dragones y Mazmorras, aunque sus padres rara vez la dejaban jugar—. ¿Entramos?

April apuntó la linterna al interior de la cueva. La luz apenas penetró en la negrura.

—Es como un agujero negro —dijo, y su voz resonó en la oscuridad.

—Espera, ¿es posible que sea REALMENTE un agujero negro? —preguntó Molly—. ¿O un agujero negro mágico? Lo preguntó porque parece algo dentro de lo posible.

Molly hacía bien siendo precavida: la diferencia entre un agujero negro mágico y una cueva es de esas que se acostumbran a descubrir cuando ya es demasiado tarde.

Ripley metió la cabeza y se llevó la mano a la boca para hacer bocina:

—¡Hola, holaaaaa!

Todas escucharon atentas.

Nada.

—Parece una cueva normal y corriente —dijo Jo.

—Bueno, pues no hay nadie en casa —dijo Mal tan contenta, y dio media vuelta—. ¡Supongo que es hora de irse!

Ripley probó de nuevo.

—¡Holaaaaa! ¿Hay alguien ahí?

Escucharon.

Se oyó algo deslizándose.

—Genial —suspiró Mal—. Justo la clase de sonido que me apetecía oír ahora mismo.

Jo avanzó un paso, con la linterna apuntando al frente.

—Voy a entrar.

Y como no existe eso de «yo sola» en un *equipo*, todas las Roanoke la siguieron con pasitos cortos y precavidos, aguzando la vista en la oscuridad.

Hacía frío en la cueva, y no había ni gota de luz.

—¿Qué es eso? —April abrió mucho los ojos.

—Creo que son los latidos de mi corazón —dijo Molly.

Jo notó algo. Un escalofrío familiar.

—¿Qué fue *eso*?

El sonido de una respiración fina y nerviosa.

Las exploradoras giraron sobre sus talones y apuntaron sus linternas hacia el sonido en cuestión. Ahí estaba, al parecer, la luna de Ripley, brillante y esplendorosa. Los haces de luz rebotaron sobre el enorme confeti plateado y devolvieron diminutos reflejos blancos que iluminaron la oscuridad de la cueva. Algo sostenía en alto la luna, puede que a modo de escudo.

—¡ALTO! —gritó April, aunque nadie se movía—. ¡DEJA LA LUNA EN EL SUELO Y LEVANTA LAS MANOS!

—Calma, James Cagney —le susurró Jo, mientras le ponía la mano suavemente en la espalda—. No te aceleres.

April había estado leyendo algunos títulos más de la alucinante serie «Los misterios del puesto de limonada de sirenas», entre ellos *¿Adónde crees que vas, bacalao?*, que es ese en el que el detective sireno se pasa todo el rato gritando: «¡ARRIBA LAS ALETAS!».

La luna temblaba.

—Je je…, perdón —se disculpó April, con tono más pausado y tranquilo—. Me he dejado llevar un poquito.

—Eh —añadió Jo, con voz dulce y reconfortante—. No vamos a hacerte daño.

Poco a poco, la luna se deslizó hacia abajo y dejó ver tras de sí una peluda y diminuta cara ratuna.

SEGUNDA PARTE

MI CABAÑA ES TU CABAÑA

«Ponte cómoda.»

Hacer de tu casa o del sitio en el que te encuentres en ese momento un espacio acogedor para los recién llegados es una habilidad fundamental. Una leñadora ha de estar siempre lista para recibir a una visitante en el campamento, mostrarle todas las cosas increíbles que ofrece la vida de exploradora y compartir con ella la alegría de ser leñadora.

Para convertirse en una buena anfitriona es tan importante conocer a tus invitados como asegurarte de compartir con ellos todo lo que sabes del mundo. Cada persona que conocemos es una nueva oportunidad de aprender algo nuevo, de ampliar nuestro universo.

Así pues, la próxima vez que te veas las caras con una cara nueva, con un nuevo conocido, no olvides...

14

Una persona, o una criatura, puede reaccionar de muchas formas distintas ante algo inesperado. La señorita Annabella Panache, directora del grupo de teatro y supervisora de la insignia Lo tuyo es puro teatro, enseña a las exploradoras el catálogo de reacciones clásicas que tiene a su disposición una actriz en ciernes.

La Sorpresa, con las palmas levantadas junto a la cara y la boca y los ojos bien abiertos, es una opción.

El Estupor, tapándote la boca con las manos, también está bien.

Si haces una de estas poses con el cuerpo inclinado hacia atrás, tienes Sorpresa y Estupor. Y si además frunces el ceño, Sorpresa y Consternación.

Pero aunque para las exploradoras de la Roanoke fue por completo sorprendente descubrir en una cueva un ratón bien vestido con una luna entre las manos, Sorpresa y Estupor no fue su primera reacción.

O sea, sí, el hecho de que fuese un RATÓN tenía su qué, pero las Roanoke ya se las habían visto una vez con un grootslang, que es un animal gigantesco que parece un poco un cruce entre un cocodrilo enorme y un elefante mosqueado.

Desde luego que es posible volver a sorprenderse después de eso. Pero hace falta algo gordo.

Esta ratona tenía más o menos la misma altura que una rebanada de pan si la pusieras de pie y le colocases una cola. El pelo era del color de pan ligeramente tostado, salvo por las orejitas y el rabo, que eran rosados. Llevaba una casaca de seda brillante color esmeralda, a juego con sus ojos, de mangas abullonadas y botones dorados, y tenía un aspecto majestuoso.

—Les ruego me disculpen —dijo, con una pizca de lo que parecía cierto acento inglés. Los bigotes le temblequeaban mientras con las patitas agarraba la luna de gomaespuma—. ¿Las puedo ayudar en algo?

—Solo estábamos buscando nuestra luna —dijo Jo, señalándola—, que pareces tener tú.

—Ah, sí. —La ratona bajó la vista a la luna que tenía entre sus garras—. Muy cierto, muy cierto. Sí. Solo la he… cogido para dar un paseíto.

—Oh —dijo Ripley, y es que ¿por qué no te ibas a llevar una luna de paseo?

Jo dio un paso adelante.

—Tal vez deberíamos presentarnos. Yo soy Jo. —Se llevó la mano al pecho y luego señaló a las extrañadas exploradoras que había a su espalda—. Estas son April, Mal y Molly, y esa persona que te está abrazando ahora mismo es Ripley.

Aunque Ripley, más que abrazarla, estaba inclinada hacia ella, rodeando con sus brazos aquella criatura ratuna como un halo protector. Ripley estaba recurriendo hasta a su última gota de ripley-contención para no agarrar a aquella criatura a todas luces adorable y estrujarla contra su pecho en un enorme abrazo.

—¡Hooolaaa! —saludó a la ratona, con una sonrisa radiante cargada de pura alegría Ripley.

—Un placer conocerla —dijo la ratona, con una pequeña reverencia.

Ripley notó que la ratona necesitaba algo de espacio, así que dio un paso atrás sin dejar de sonreírle.

—¿Y tú eres? —preguntó Jo.

—Ah, sí —respondió la ratona sonriendo, quizá con nerviosismo—. Mis disculpas. Yo soy… Castor.

Castor miró esas caras expectantes que la observaban desde arriba iluminadas por linternas.

—De Saskatoon —dijo—. Saskatchewan —aclaró—. ¿52,1332° norte, 106,6700° oeste? —aclaró todavía más.

—Uh —dijo Molly.

—Qué específico —señaló April—. Y canadiense.

Jo le lanzó una mirada fugaz a April, que la pilló sin que se notara y le lanzó otra de vuelta.

LA LUNA ESTÁ ARRIBA

—No pretendía causar ninguna molestia —se disculpó Castor, tendiéndoles la luna.

—Vale —respondió Jo, y cogió la luna de la patita extendida de Castor—. Bueno. Pues ahora que ya hemos recuperado nuestra luna, nos volvemos a nuestra cabaña. Es tarde.

Jo se paró a pensar. La cueva era húmeda y fría como un témpano, y no parecía el lugar ideal en el que dejar a nadie, no digamos ya a alguien tan tierna y peludita como Castor. De modo que dijo:

—Puedes venir con nosotras si quieres.

—Oh, vaya. —Castor miró alrededor—. No querría que les representara ninguna molestia…

—No es moles… —comenzó a decir April.

—¡SERÁ ALUCINANTE! —soltó Ripley entusiasmada, con la mejor de las intenciones y una carretada de euforia marca Ripley—. Hasta puedes dormir en mi litera, porque yo, técnicamente, tengo dos literas, ¡así que hay MOGOLLÓN de espacio!

—Bien, si no representa absolutamente ningún problema, supongo que sería muy agradable.

—¡YUPI! —Ripley se acercó de un saltó y aupó a Castor a hombros—. ¡VÁMONOS!

—Rip —la aleccionó Jo—, tienes que preguntar antes de subirte a alguien a hombros.

—Ji, ji. —Castor soltó una risita y se sujetó bien al hombro de Ripley—. No es molestia en absoluto. Gracias, Ripley.

Y dicho esto, Ripley se lanzó de vuelta al campamento dando

brincos, con Castor botando sobre sus hombros y el corazón desbordante de felicidad.

April se colocó al lado de Jo, que se colocó al lado de Mal, que se colocó al lado de Molly.

—Recapitulando —dijo April—. Ratona habladora. Casaca molona. Ladrona de lunas.

—Puede que pensara devolverla —apuntó Jo.

—Procedente de «Saskatchewan» —prosiguió April, entrecomillando el nombre con los dedos, que es lo que suele hacer una cuando no acaba de creerse algo.

—Acento inglés —añadió Molly.

—¿Canadiense? —se preguntó Mal.

Aquello era, había que decirlo, una combinación muy extraña. Aunque si bien…

—No la combinación más extraña con la que hemos topado —dijo Molly.

—Así que tengamos nuestros sentidos leñadores alerta —advirtió April.

—Sí, mejor será —convino Jo—. Y también tendríamos que ir a informar a Rosie mañana por la mañana.

La mención a Rosie le hizo recordar la carta que llevaba todavía plegada en el bolsillo. Una carta que para Jo, metafórica aunque no realmente, pesaba aún más que una ratona parlante.

—¿No se dará cuenta Jen, en plan, al segundo, de que tenemos una ratona parlante en la cabaña? —preguntó Jo, de camino a la Roanoke.

LA LUNA ESTÁ ARRIBA

Y Jen podría haberse dado cuenta de no ser porque estaba hasta las cejas de trabajo con las Guerras Galácticas y había dejado una nota para ellas sobre su almohada en la que decía, sencillamente: «A DORMIR».

Así que eso hicieron.

Eh, que te encuentres una ratona parlante no significa que no debas descansar bien por la noche.

A los pocos minutos de que sus cabezas tocasen la almohada, las Roanoke, incluida su más reciente invitada, estaban profundamente dormidas.

Todas menos Jo, que se quedó tumbada en la cama, pensando.

15

Las poseedoras de la insignia de Tiempo al tiempo saben que los antiguos usaban el sol y la luna para medir el tiempo.

Una vuelta alrededor del sol = un año.

Una órbita completa de la luna = un mes.

Al final, para hacer las cosas más fáciles y más exactas, unos científicos se inventaron (¡tachán!) el segundo. Un segundo es una cosa real, que existe al margen del sistema que uses para saber la hora (un reloj de cuco, un teléfono móvil, un reloj de bolsillo de esos de antes). Puedes averiguar más al respecto si buscas información sobre el número 9192631770.

Sesenta segundos son un minuto. Sesenta minutos son una hora. Veinticuatro horas son un día. Trescientos sesenta y cinco días son un año.

Y una década es lo larga que parece una noche cuando estás nerviosa por algo y no sabes qué hacer.

LA LUNA ESTÁ ARRIBA

Jo se había pasado la noche en silencio discutiendo con la carta, todavía metida en el bolsillo, sobre realidades alternativas.

En concreto, la carta le había presentado las innegables ventajas del Curso de Astronomía Avanzada y Relatividad, también conocido como Cuásar.

Míralo de este modo, le dijo la carta, con voz segura, ser científica es tu destino, ¿correcto?

«Correcto —pensó Jo—. O sea, eso creo.»

¿Eso es un sí?

—Sí.

Entonces ¿qué problema hay? La carta parecía al borde de la exasperación.

Cuando por fin salió el sol, la voz que oía Jo en su cabeza estaba ya ronca. Y Jo seguía sin saber qué hacer, aunque saltaba a la vista que pasarse la noche en vela tumbada en la cama, discutiendo con una voz que solo ella podía oír, no estaba sirviendo de mucho.

Esto es lo que hacen los CIENTÍFICOS, insistía la carta. No se pegan el verano ahí tirados en un campamento de verano remando en canoa y haciendo pasteles para que les den una insignia. ¡Los científicos van más allá! ¡Los científicos se pasan las vacaciones en cuartos alumbrados por bombillas de bajo consumo y se centran en mejorar el mundo tal como lo conocemos con su saber!

«Pero yo no me quiero ir», se dijo Jo.

Bueno, comenzó a decir la carta, pero la interrumpió enseguida un…

—¡BUENOS DÍAS POR LA MAÑANA! —April asomó los ojos por el borde de la litera—. ¿Qué haces? A ver si lo adivino…

—Pensar —respondió Jo quedamente, porque le pareció la descripción más entendible de lo que estaba sucediendo en su cabeza.

April frunció las cejas con una mirada de preocupación de S. M. A. (Super Mejor Amiga) que decía, aunque no en voz alta: «Me inquieta cualquier cosa que puedas estar pensando».

A Jo, esa mirada preocupada le hizo sentir un pequeño peso en la mano. Es lo que pasa cuando tienes una amiga con la que has desarrollado un vínculo psíquico. Hay una parte de ti que está siempre conectada a ella y viceversa, como un hilo irrompible.

Es el fenómeno más importante y más complejo del que tienen conocimiento las exploradoras, este vínculo. Un hilo que puede estirarse infinitamente y que es capaz de dejarnos hechas un lío.

Lo que no quiere decir que April supiese mejor qué hacer desde su lado del hilo, más allá de mandarle a Jo una sarta interminable de mensajes telepáticos que decían: «Estoy aquí. Pase lo que pase».

—¿Lista para el desayuno? —preguntó Jo.

Y la cosa quedó bastante rara, porque, a ver, ¿desde cuándo desayunaba Jo?

—Yo estoy lista cuando quieras —respondió April.

—Eh. —Mal se incorporó en la cama—. ¿Alguna ha visto a nuestra peluda invitada y a nuestra compañera de cabaña del mechón azul?

Era tan temprano que en el campamento flotaba todavía ese típico aire de «recién levantado» y el sol apenas comenzaba a teñir el cielo morado de azul. Había muy poca gente despierta, así que nadie vio a Castor. Ni cuando salió a hurtadillas de la Roanoke, ni cuando cruzó la hierba a la carrera en dirección a la cocina, ni tampoco cuando se agazapó junto a la puerta trasera del comedor, olisqueando el aire con su hocico rosado y lanzando miradas de aquí para allá mientras con paso lento pero seguro continuaba avanzando.

Nadie salvo…

—¿QUIÉN anda ahí? —gritó BunBun desde detrás de la mosquitera. Llevaba puesto un gorro de papel de aluminio y orejas de tigre, y entre las manos sostenía un tambor hecho con una lata de alubias.

—¡Le ruego que me disculpe! —Castor se tambaleó hacia atrás.

—¡Eh, BunBun! Somos Ripley y mi nueva amiga, Castor —dijo la leñadora alegremente, girando la esquina en ese momento.

—Oh… —dijo Castor—. Eh. Sí. Hola…

BunBun giró sobre sus talones y entró marchando al comedor.

—ESTOY MUY OCUPADA.

—Vuestros centinelas se toman muy en serio su deber —dijo Castor, frotando las patitas nerviosamente.

—Ja, ja, pero ¡BunBun no es una centinela! —Ripley pegó la cara a la mosquitera—. Es supermolona.

Castor tenía pinta de querer salir corriendo. No dejaba de agitar la cola.

—¿Tienes hambre? —le preguntó Ripley.

—Oh. —Castor movió la cola de nuevo—. Hum, no es que tenga un hambre espantosa. Pero puede que algo de gusanillo…

Ripley sonrió.

—Te gusta el queso, ¿verdad? Porque tenemos un montón de quesos. A mí me gustan el gouda Beemster, la burrata y el cheddar estadounidense, pero si prefieres también hay cheddar de Canadá.

—Ah —dijo Castor como si tal cosa, y se pasó una patita por la oreja en un ratonil gesto despreocupado—. ¿En serio?

Ripley abrió la puerta y echó un vistazo dentro.

—¡Sí! Teóricamente se supone que tenemos que esperar al desayuno, pero a veces Kzzyzy me deja picar algo. ¡EH, KZZYZY!

—¿¡QUÉ!?

Kzzyzy estaba enfrascada en un acrobático frenesí de sartenes y cazuelas, y no levantó la vista lo suficiente como reparar en que Ripley tenía una invitada.

—Solo quería coger algo de picar —gritó Ripley.

—¡No me pongas la despensa patas arriba! —le respondió también gritando Kzzyzy por encima del vozarrón de Mama Cass.

—¡ESTOY MUY OCUPADA! —soltó BunBun desde algún punto de la cocina.

Ripley y Castor esquivaron zigzagueando un montón de cuencos y un sinfín de fogones, todos ellos con cosas borboteando furiosamente al fuego.

—Aquí es donde guardan el alpiste —le mostró Ripley cuando pasaron junto a una despensa llena de barriles—. Aquí es donde Rosie guarda todas sus cosas especiales —dijo después, y señaló una puerta por cuya rendija parecía escapar un cierto resplandor verdoso—. Y aquí es donde guardamos todas las cosas que te van a gustar —anunció al fin, y abrió la puerta metálica.

LA LUNA ESTÁ ARRIBA

Dentro había estantes y estantes y estantes llenos de queso. Tanto queso que el aire parecía saturado de mozzarella.

A Castor le temblequearon los bigotes.

—Menudo su-surtido —tartamudeó.

Ripley cogió un pedacito de cheddar de una de las piezas de queso y se lo tendió a Castor.

—Aquí tienes.

—Gracias —dijo Castor, y lo cogió entre sus garras, con los ojos todavía de aquí para allá, mirando el queso, la puerta, y buscando también el candado, que no estaba puesto, porque BunBun se había hecho un collar con él.

Aunque no es que nadie se hubiese dado cuenta.

Excepto Castor.

—Tendríamos que ir tirando —dijo Ripley, saliendo de la despensa—. Falta poco para el desayuno. Y allí habrá mucha comida.

—Una tonelada. Exacto —susurró Castor, y recorrió el estante con la pata, con cuidado de recogerse la cola cuando Ripley cerró la puerta—. Desde luego que sí.

16

Después del desayuno, con Jen concentrada en las Guerras Galácticas y totalmente desaparecida, las Roanoke fueron hasta la cabaña de Rosie para preguntarle si le parecería bien que Castor se quedase con ellas.

—¿Cuánto tiempo tienes pensado quedarte? —preguntó Rosie.

—Ah, un día o dos a lo sumo —le aseguró Castor—. Solo estoy de paso.

—Joooo —refunfuñó Ripley, agachando la cabeza—. No te vayas todavía.

—Por unos cuantos días no hay problema. Solo necesitaríamos alguna clase de autorización de algún progenitor o tutor para confirmar que alguien sabe que estás aquí —dijo Rosie, frotándose la barbilla.

—Ah, desde luego —asintió Castor—. Puedo ponerme en contacto con alguien, sí, por supuesto. Están todos informados de mi paradero en este plane… err… en este lugar, faltaría más.

—Excelente —zanjó Rosie con voz atronadora, y se puso a enrollar una larguísima cadena plateada en una bobina bastante grande que descansaba sobre la mesa—. Entonces no debería ser ningún inconveniente que nos enviaran alguna clase de carta.

Castor negó con la cabeza.

—No, en absoluto.

—Bueno, ha sido sorprendentemente fácil —dijo Molly al salir de la cabaña—. ¿Qué queréis hacer ahora?

—Hum… —Mal estaba ya alejándose—. Yo tengo que ir a ensayar…

April tenía pendiente la insignia En la cresta de la ola, lo que suponía pasar el día entero con Karen Sietemares.

—¡*Hang ten*, colegas! —exclamó, y corrió a ponerse las bermudas.

Ripley tenía que trabajar en su insignia de Coser y cantar, pero se sentía mal al marcharse.

—Volveré superrápido —le prometió a Castor, y se alejó dando saltos.

Castor se ajustó los puños de la chaqueta.

—Muy bien —dijo, mirando en dirección a la cocina y a todo aquel queso desprotegido—. Entonces supongo que intentaré familiarizarme con el lugar mientras todas vosotras os ausentáis para atender vuestras respectivas obligaciones.

—¡Eh! ¡Podríamos hacerte un *tour*! —dijo Molly con voz chillona.

Técnicamente, las experiencias de Molly en diversos *tours* de monumentos históricos se resumían en episodios soporíferos en los que visitaba placas y se hacía fotos con ellas, pero el campamento era un lugar mucho más interesante que las instalaciones de la primera fábrica de imperdibles, que era la favorita del padre de Molly.

—Gran idea —dijo Jo. Porque Jo andaba buscando algo que la distrajera de esa hoja de papel que llevaba en el bolsillo, y además quería tener a Castor controlada.

—Oh, pero yo no quiero ser ninguna molestia —protestó Castor—. Estoy segura de que tenéis cosas más importantes y divertidas que hacer que servirme de acompañantes.

—En realidad —dijo Jo—, enseñarte todo esto es una cosa como muy de leñadoras.

—¿Una cosa de Leñadoras? —Castor inclinó la cabeza.

—Ayudar… es algo típico de las Leñadoras —explicó Jo—. Algo que siempre intentamos hacer. Además, seguro que hay un montón de cosas por aquí que te pueden interesar. ¿Qué *hobbies* tienes?

—Eh… —Castor se rascó la cabeza—. *¿Hobbies?* Lo siento, no estoy familiarizada con el término.

—Ya sabes —intervino Molly, recolocando el mapache amodorrado en su cabeza—. En plan: cosas que te guste hacer, como cerámica o, eh…, pintar o lo que sea.

Castor parecía perpleja.

—Lo siento. Sigo sin entender.

—Bueno, no pasa nada. —Jo empezó a caminar—. Vamos a dar

una vuelta. Nosotras te señalamos cosas y te vamos explicando y tú nos haces las preguntas que quieras.

Castor asintió encogiendo sus diminutos hombros de ratona y siguió a Molly y a Jo hacia el centro del campamento.

Allí, prácticamente hasta el último centímetro cuadrado estaba repleto de exploradoras haciendo lo que hacen las exploradoras, por ejemplo: taichí, saltar a la comba en grupo (para la insignia de Kombayá), tejer o boxear.

—Pues esto vendría a ser un típico día en el campamento —dijo Molly—. Lo que significa que la cosa aquí es bastante loquer.

Castor no tenía muy claro qué era un *loquer*, pero dio por hecho que sería alguna clase de queso. Algo le llamó la atención y lo señaló:

—¿Qué es eso?

—Eso es jazzercicio —respondió Molly. Levantó las manos y agitó los dedos a modo de demostración—. No es una palabra, en realidad. Es como ejercicio mezclado con baile, supongo. Creo que ese movimiento, técnicamente, es un contoneo RuPaul.

—Cáspitas. —Castor arrugó la nariz—. ¿Y por qué ibas a querer dedicar el tiempo a algo así?

—Es un buen ejercicio —propuso Jo—. Va muy bien para la flexibilidad y la coordinación.

—Y es DIVERTIDO —añadió Molly.

Castor saltó al otro hombro de Jo y señaló una figura que corría por el campamento a toda velocidad.

—¿Eso también es jazzersisio?

Jo aguzó la vista.

—Hum. Ah, no. La verdad es que diría que es alguien escapando de una abeja.

—Madre mía. —Castor negó con la cabeza. Olisqueó el aire. Señaló—. ¿Y eso también es para el jazzersisio?

Molly se acercó adonde señalaba Castor, recogió del suelo un balón blanco de voleibol y lo tiró al aire.

—Esto son las pistas de voleibol.

—¿Y para qué sirve la red?

—Para lanzar el balón por encima —explicó Jo.

—¿Y luego qué? —Castor se pasó una pata por los bigotes.

—Bueno. Luego alguien te la devuelve —dijo Molly.

—¿Y para qué lo haces? —preguntó Castor.

—Es un entrenamiento cardiovascular genial —comenzó a decir Jo—. Desarrolla la coordinación ojo-mano…

—Y es DIVERTIDO —añadió Molly con énfasis.

—Este lugar es muy extraño —dijo Castor quedamente—. Un planeta extraño, y DIVERTIDO.

El último tramo del *tour* pasaba por la cabaña de artes y oficios.

—Y aquí… —anunció Molly, abriendo las puertas de par en par— ¡es donde creamos!

Jo apoyó la mano sobre una de las mesas, junto a una pila de fieltro. Castor bajó por el brazo, moviendo nerviosamente su cuerpo.

—¿Qué...? —dijo con la voz entrecortada—. ¿Esto es…?

Trepó con cautela a un tarro lleno de botones de todas las

formas y tamaños y metió la pata dentro para sacar uno grande y verde del tamaño de su cara.

—Todo esto… —preguntó, en un susurro—, ¿lo podéis coger, sin más?

—Sí, los limpiapipas y todo lo que sea largo y se pueda doblar está en esta pared; las cosas redondas y brillantes van en esta otra; esa pared de ahí es para la pintura, y esta… —le señaló Molly— esta es la favorita de Ripley: la PARED DEL BRILLI BRILLI.

Castor se acercó y metió la pata en un bote de confeti amarillo.

—Brilli brilli —suspiró.

—Podemos hacer una luna si quieres —le dijo Jo.

Castor levantó la vista hacia ella, anonadada.

—¿*Hacer* una luna?

—Podemos hacer lo que se te ocurra —respondió Jo, echando un vistazo alrededor—. Creo que solo hace falta un poco de porexpán.

—Pero ¿por qué íbamos a querer HACER una luna? —preguntó Castor, y hundió de nuevo la pata en el confeti brillante.

—Bueno… —Jo ladeó la cabeza—. Si haces una luna usando las mediciones precisas actuales podrías…

—Porque es DIVERTIDO —la interrumpió Molly, empuñando unas tijeras—. Y además es superfácil. Vamos, te enseño.

—Exacto. Divertido —añadió Jo, y se hizo con un tubo de pegamento.

—Esto de «divertido» —dijo Castor maravillada— es el no va más aquí abajo.

95

17

Al final del día, Castor estaba cubierta de purpurina de pies a cabeza. La tenía pegada a la chaqueta y a la cola. Iba lloviendo de su pelo cada vez que daba un paso, o respiraba, o pestañeaba o le venía un pensamiento a la cabeza. Y daba la impresión de que la hacía muy feliz.

Se tumbó de espaldas sobre la mesa de pícnic, junto a su móvil de lunas, con un escalofrío de felicidad.

—DIVERTIDO… —suspiró—. Entonces ¿eso era DIVERTIDO?

—Sí —respondió Molly con una sonrisa. Volvió la cara hacia el sol mientras escuchaba los ronquidos de Pompitas.

Jo asintió.

A veces, cuando pensaba en lo genial que era ser leñadora, Jo

sentía las tripas como una centrifugadora, que es esa cosa que gira muy rápido y que usan los científicos para separar sustancias. Y ahora la centrifugadora no dejaba de girar en su interior, pese a que por fuera parecía la Jo de siempre y acababa de hacerle a una ratona parlante un tour por el lugar más importante del mundo.

Claro, DIVERTIDO. Pero luego acabamos pasando a cosas más importantes. ¿Sí?, le dijo la carta.

—Y aquí, ¿es DIVERTIDO siempre? —preguntó Castor, contemplando la purpurina de su pelo.

—No siempre —señaló Molly—. Pero la verdad es que hay mucha diversión. Y aun así aprendemos, en plan, cosas. O sea, todas conseguimos insignias…

—Insignias —repitió Castor—. ¿Cómo emblemas?

—Más bien pruebas de nuestros logros —explicó Molly, y se sacó del bolsillo la insignia de Acordes acordeones para enseñársela a Castor.

Castor la olisqueó.

—Muy bonita —la elogió, cortésmente.

A lo lejos, Molly divisó a Mal sentada a una mesa de pícnic; sus dedos recorrían las teclas del acordeón. Jo se volvió hacia Castor.

—¿Y cómo era que habías terminado aquí?

Dio la impresión de que las mejillas peludas de Castor se ruborizaban un poco.

—Ah, bueno, es solo que miré abajo y os vi aquí… —respondió Castor, pasándose la pata por el hocico—. Y este sitio tiene una fantástica reputación en cuanto a…

—¿Miraste abajo desde dónde? —preguntó Jo.

—¿Un fantástica reputación en cuanto a qué? —preguntó Molly.

—¿Cómo? ¡OH! —Castor negó con su peluda cabecita—. Yo…

Justo en ese momento, para gran alivio de Castor, Ripley apareció de golpe con un brinco particularmente ripleyano.

—¡ENTREGA ESPECIAL! —anunció a grito pelado.

Con las manos escondidas a la espalda, Ripley se plantó delante de Castor.

—¿Preparada?

Castor se acomodó sobre las patas traseras.

—Oh. Sí, supongo que sí.

LA LUNA ESTÁ ARRIBA

—¡TACHÁN! —Ripley hizo aparecer un chaleco diminuto, con los bordes algo mal cortados pero, aun así, una auténtica chulada. Era justo del tamaño de Castor y estaba cubierto de parchecitos que formaban un arcoíris de colores.

Castor parpadeó con sus ojos verdes. Su cuerpecillo de ratona se había quedado de pronto sin respiración.

—¡Es para TI! —dijo Ripley, sosteniéndolo en alto—. Espero que te vaya bien. Es mi primer chaleco.

Castor alargó las patas y cogió el chaleco de las manos de Ripley.

—¿Lo has hecho tú? —Se lo probó sobre el pecho—. ¿Para mí?

—¡PUES CLARO!

Ripley hizo un bailecito mientras Castor se quitaba su diminuta casaca verde y se colocaba el regalo. Le quedaba un pelín grande, pero muy molón.

—¡Chaleco chaleco chaleco chaleco chaleco CHALECO! —se puso a cantar Ripley—. ¡Chaleco chaleco chaleco chaleco chaleco CHALECO!

—¡Por todas las piedras lunares y anillos de fuego! —exclamó Castor sin aliento, contemplándolo—. Esta es de lejos la prenda más espléndida que he visto jamás en galaxia alguna.

Jo levantó una ceja.

—¿Ah, sí?

Ripley se puso colorada y se quitó algunas hebras de hilo del pelo.

—Jolines… Solo quería que te sintieras, ya sabes, parte de la cabaña y todo eso.

—Es superbonito, Rip —le dijo Molly, y le dio unas palmaditas en la espalda.

—Castor, tu casaca es… una virguería —dijo Jo, acariciando con la yema de los dedos los bordados dorados de la casaca de Castor, confeccionada con una tela lustrosa que no se parecía a nada que hubiese visto nunca, ni en esta galaxia ni en ninguna otra. El bajo estaba cubierto de estrellitas doradas, y no pesaba más que una moneda de medio centavo.

Pero Castor estaba demasiado ocupada recorriendo con las patas las puntadas algo torcidas de su chaleco como para oírla.

—Para mí… —susurró—. Asombroso.

—¿No sería guay si pudieras quedarte aquí para siempre? —le pregunto Ripley—. Como nosotras.

—Desde luego —respondió Castor, con un hilo de voz.

A Jo se le hizo un nudo en el estómago.

Todo el mundo tiene que irse algún día, dijo la carta, con una voz que nadie más podía oír pero que resonó en los oídos de Jo.

18

Esa noche tenían para cenar la especialidad de Kzzyzy: lasaña a los seis quesos. Pompitas, desde su posición sobre la cabeza de Molly, contempló con cara de palo cómo Castor devoraba una porción que era el doble de grande que ella.

Pompitas, por algún motivo, no era muy fan de Castor.

Esa noche, el comedor parecía estar bajo el influjo de algún hechizo: había tanto silencio que se oía el meneo de los dispensadores de parmesano.

—¿Qué pasa aquí? —susurró Ripley, con mirada sorprendida—. Todo el mundo está tan callado que me oigo masticar.

—A lo mejor todo el mundo anda nervioso por las Guerras Galácticas —sugirió Molly.

April miró a Jo, pensando que seguramente ese no era el motivo por el que su amiga, también callada, estaba tan quieta en la silla, con los ojos clavados en algo que estaba justo ahí enfrente y al mismo tiempo muy lejos.

—Disculpad —dijo Castor, limpiándose un trocito de queso de los bigotes—, pero ese evento galáctico en el que participáis, ¿es una batalla?

—Es más bien una competición —explicó Molly.

—Pero debéis enfrentaros a vuestras compañeras de campamento, y quien vence se lleva el botín, ¿correcto?

Como si acabase de despertar de un encantamiento, April levantó la cabeza.

—Te puedes apostar tus palitos de queso vegano —le respondió—. Si ganamos, seremos siempre la primera cabaña que ganó las Guerras Galácticas. Y ADEMÁS pondrán nuestro retrato en la galería de la victoria. Y ADEMÁS… —April hizo una pausa y se llevó el tenedor a los labios—. Bueno, en realidad ya está.

—¡Y lo del brochecito! —añadió Ripley cantarina.

—¡ESO! —exclamó April—. ¡Y EL BROCHECITO!

—Es bastante… curioso que estéis tan… emocionadas por conseguir un retrato —murmuró Castor con tono incrédulo—. ¡Con todo el queso que tenéis!

Jo levantó la vista. Había olvidado lo del retrato.

—Eso sería muy guay.

Técnicamente, la cabaña Roanoke estaba formada por un grupo de exploradoras consumadas, maestras de la aventura y el descubrimiento. Pero... ganar como equipo era algo que aún no habían conseguido.

Jo conocía bien esa luz que destellaba en los ojos de April, los diminutos fuegos eléctricos que indicaban un estallido de determinación. Era incapaz de imaginar cómo sería ser leñadora sin April. Y era muy probable que a April le ocurriese lo mismo.

En realidad, Jo haría prácticamente cualquier cosa por su amiga, con la única excepción de leerse los libros de «Puesto de limonada de sirenas», que a ella, en términos argumentales, le parecían bastante predecibles.

—¿Cómo va la cosa? —preguntó Jo—. El marcador.

—Quedamos empatadas en el segundo puesto en decoración de cabañas —respondió April mientras contaba puntos con los dedos—, así que estamos empatadas con la Zodiac.

Esa sería una manera muy bonita de irse, señaló la carta, que ahora ya opinaba sobre todo, al parecer, desde el bolsillo de Jo. Puede que le quitara un poco el mal sabor de boca a la gente que dejas aquí.

April levantó una ceja. No era propio de Jo andar pensando en puntuaciones, aun cuando Jo tuviera siempre un buen montón de temas rondándole la cabeza. Preocuparse de puntuaciones era cosa de April. Lo de Jo era preocuparse de los fundamentos mecánicos del mundo que la rodeaba.

A Mal, por su parte, le preocupaban el agua y toda la cantidad de cosas relacionadas con agua que se veían obligadas a hacer a diario.

Jo bajó la vista a la lasaña.

«Yo podría ganar las Guerras Galácticas —pensó—. Eso haría feliz a April.»

Justo entonces sonó un familiar ¡DONG! ¡DONG! ¡DONG!

—¡EXPLORADORAS! ¡LA SIGUIENTE RONDA DE LAS GUERRAS GALÁCTICAS DA COMIENZO EN CINCO MINUTOS! ¡POR FAVOR, DIRIGÍOS AL PRADO NOR-DESTE!

Y entonces *Jo* se puso en pie.

—Vamos a ganar esta *cosa* —dijo.

Decir eso no le pegaba nada a Jo, pensó April.

No le pegaba pero para nada.

19

Resultaba difícil adivinar con antelación de qué iba la siguiente prueba de las Guerras Galácticas. TRIVIAL, ya, vale: pero ¿qué clase de TRIVIAL?

Ser leñadora implica que un montón de cosas son lo evidente MÁS algún extra.

—A lo mejor es un trivial más una gran pelea de almohadas —propuso Ripley mientras ocupaban sus puestos tras la bandera de la cabaña.

—Ruego me disculpéis. —A Castor se le crisparon los bigotes—. ¿Os peleáis con almohadas?

—Es un poco raro, pero sí, a veces sí —respondió Molly.

—¿Y eso es DIVERTIDO también? —preguntó Castor.

—Ay, mi madre, sí —contestó Ripley dando saltitos—. SÍ SÍ SÍ.

—¿Por qué crees que puede ser una pelea de almohadas, Rip? —le preguntó Jo.

—Porque ahí es donde tengo la cabeza normalmente cuando la luna está en el cielo —argumentó Ripley.

Castor negó con la cabeza.

—La luna siempre está en el cielo, solo que no podéis verla desde donde estáis.

—¡BIENVENIDAS A UNA NUEVA PRUEBA DE LAS GUERRAS GALÁCTICAS! —anunció Jen.

Se la veía cansada. Tenía el pelo todo encrespado, como una nube rodeándole la cabeza, y llevaba la boina torcida.

—Hoy vais a enfrentaros en una competición leñadora sin precedentes: ¡el TRIVIAL CRÓQUET BOLA DE HÁMSTER!

—¿¿¡Quééééé!?? —April se quedó boquiabierta mientras un grupo de monitoras hacía rodar hasta el campo un montón de bolas gigantes de plástico transparente.

—¡BOLAS DE HÁMSTER! —corearon las Zodiac.

—Me parece a mí que las Zodiac son fans de las bolas de hámster —dijo Molly, que se las quedó mirando mientras las exploradoras hacían un bailecito para celebrar… que había bolas de hámster.

—¡BIEN! —A Jen le temblaba un poco la voz; su cuerpo oscilaba de agotamiento—. ¡Os dejo con VANESSA para que os explique el funcionamiento!

Vanessa cogió el megáfono.

—¡BIEN, EXPLORADORAS, ATENTAS! Cada cabaña escogerá una exploradora BOLA y una exploradora MAZO. El objetivo de la exploradora BOLA será girar en la dirección correcta, y el de la exploradora MAZO, darle a la bola un GIGANTESCO empujón, o una patada o lo que más os convenga.

—La bola es la clave —murmuró Jo estudiando el campo, descifrando el mejor método para llevar la bola de un extremo al otro.

—En cada esquina del campo —prosiguió Vanessa—, habrá una monitora sosteniendo en alto una cartulina con las posibles RESPUESTAS a cada pregunta. ¡El equipo que consiga el mayor número de respuestas correctas se llevará veinticinco puntos!

Tocaba hacer corrillo.

—Lo tengo —dijo Jo, señalándose al pecho.

April se la quedó mirando.

—¿Sí?

—Sí.

—A lo mejor tendríamos que hacerlo juntas —se ofreció April.

—Me gusta el plan —dijo Molly, a quien lo de meterse en una bola de hámster gigante le daba más bien igual.

Ripley también dio su aprobación.

—¡Sois geniales, chicas!

April extendió la mano izquierda, lista para uno de sus saludos patentados April & Jo.

Que es una cosa así.

ELEMENTOS DEL SALUDO SUPERSECRETO

de S. M. de APF & JC

1 ¡GOLPE DE MAR!
(AGUA)

Flexionad el brazo 90° y chocad los codos

Nivel Pro:
Mantened contacto visual en todo momento

EXPERTO:
¡Con los ojos CERRADOS!

2 RACHA DE VIENTO
(AIRE)

Antebrazos arriba y enlazad pulgares

Chocad los dorsos

2.A

2.B Deslizad

2.C para

JUNTAD PULGARES

3 LLAMA TRÉMULA
(FUEGO)

Sin separar los pulgares, levantad las manos agitando los dedos (recuerda a una llama chupando oxígeno para crecer, ¿verdad? Total).

4 PAZ EN LA
(TIERRA)

Bajad las manos para formar unas orejitas de conejo con los de (o el signo de alguna otra noble cr terrestre).

Ej.

Lobo   Llama   Ganso   Tarán pelú

LA LUNA ESTÁ ARRIBA

Y dicho esto, Jo se alejó a todo trapo.

—¡Creo que sé cómo hacer que la bola avance a máxima velocidad! —gritó.

—Vale, bueno, ¿y qué tal si te relajas un poco hasta que estemos en el campo? —dijo April resoplando.

Para cuando alcanzó a Jo en el centro del enorme campo de cróquet, estaba ya cerrando la puerta de la bola de hámster con ella dentro. Dio unos golpecitos al interior del plástico.

—¡Tú pégale una patada! —gritó—. Yo haré el resto.

—¡Eh! ¡En un equipo no hay sitio para yo-haré-el-resto! —replicó April, dando también unos golpecitos al plástico y con ganas de soltarle: «¿SE PUEDE SABER QUÉ MAE JEMISONS PASA CONTIGO?».

Pero no había tiempo.

—¡PALEYS! ¡LOVELACES!... ¡YOUNG! —Vanessa dio el grito de salida.

—¡Primera pregunta! —anunció Jen al megáfono—. Soy un cuerpo muy pequeño del sistema solar, estoy compuesto básicamente de hielo mezclado con pequeñas cantidades de polvo y roca y voy como un rayo…

—¡Un COMETA! —dijo April, y colocó la bola gigante en la dirección correcta—. ¡COMETA! ¡COMETA! ¡COMETA!

—¡OÍDO! —Jo divisó a la monitora con el cartel de COMETA—. ¡VOY!

109

April le pegó a la bola de hámster una atronadora PATADA GIRATORIA de tamaño April, y Jo, con los brazos extendidos para mantener el equilibrio, echó a correr con todas sus fuerzas, de un modo no muy distinto al de un hámster frenético y gigantesco y muy a la par de Wren, de la Zodiac, en dirección a la esquina oeste del campo.

—Mira, lo voy a decir —soltó Molly mientras miraba a Jo rebotando de un lado a otro como una pelota de pimpón humana—: me alegro mucho de no estar metida en una bola de hámster ahora mismo.

LA LUNA ESTÁ ARRIBA

Mal asintió.

—¿Por qué la llaman bola de hámster? —preguntó Castor, sentada en el hombro de Ripley.

—Porque a veces metemos a los hámsteres en bolas como esa —explicó Molly.

—¿PERDÓN? ¿QUE A VECES HACÉIS QUÉ?

Varias preguntas después, había un empate en el marcador: tres respuestas correctas para las Zodiac y las Roanoke, seguidas de cerca por las Dartmoor y las Woolpit, que tenían dos respuestas correctas cada una.

Ripley juntó las manos.

—Última pregunta… —musitó.

Un silencio cayó sobre el campo. Las Zodiac cruzaron los dedos de las manos y de los pies. La tensión era tan densa que se podía cortar con un cuchillo de queso.

Hes cogió impulso, preparada para CHUTAR.

—¡Estamos empatadas! —refunfuñó Jo, que dejaba empañada la bola de hámster caminando sin parar—. ¡La única manera de ganar es llegar primero!

—LA ÚLTIMA RESPUESTA… —anunció Vanessa, levantando una enorme cartulina— ¡es el nombre de ESTA CONSTELACIÓN! YYYYY… ¡¡¡TIEMPO!!!

April aguzó la vista mientras los engranajes de su cerebro rechinaban furiosamente.

—¿Qué puñetas es eso?

—No tengo ni idea. —Jo notó el sudor perlándose en la nuca.

Las Zodiac ya estaban rodando, dando botes campo a través.

Jo pestañeó.

—¡Es Cygnus!

April miró alrededor, intentando echar un buen vistazo al resto de opciones.

—¿Estás seg...?

—¡Es Cygnus, el Cisne! —gritó Jo—. ¡Chuta!

—¡Vale! —April dio unos cuantos pasos atrás para coger carrerilla—. ¡Marchando un APRIL ESPECIAL!

Y dicho esto, April pegó el chute más tremendo que haya dado nadie a una bola de hámster en toda la historia.

—¡Ay, madre! —Castor brincó a la cabeza de Mal y juntó las patitas con fuerza—. ¿Adónde va?

Ripley se tapó la boca con la mano.

—¿Qué pasa?

El patadón de April lanzó a Jo a la velocidad del rayo.

—Va en la maldita dirección equivocada —dijo Castor, en el mismo momento en que la Zodiac alcanzaba rodando la respuesta correcta, Casiopea, y se alzaba con la victoria.

20

Las Leñadoras poseen un nutrido historial de magníficas, y a veces extrañas, invenciones. Una de las inventoras más prolíficas, antes de Jo, fue Mary Margaret Wollstonecraft Pomodore III, que inventó una de las primeras máquinas del tiempo.

Antes de desaparecer en una nube de humo morado una noche, con lo que muchos afirmaban que era una bombilla eléctrica en una mano y una caja de bombones de cereza en la otra, Mary Margaret había sostenido a menudo que el tiempo era más que nada una cosa muy latosa que deberíamos poder modificar.

Mary Margaret era muy aficionada a las «repeticiones» de jugada en el baloncesto, en el golf y en la vida, y muchos se preguntaban para enmendar qué error se habría esfumado en la historia.

Seguramente, nunca lo descubriremos.

Mientras oía a las Zodiac celebrando su victoria con varias rondas del «I'm So Excited» de las Pointer Sisters al acordeón, Jo supo EXACTAMENTE qué le gustaría enmendar a ELLA si pudiese volver atrás y tuviera una bombilla eléctrica y el cuaderno secreto de Mary Margaret (que, de hecho, estaba escondido… no muy lejos de donde Jo estaba sentada).

April se sentó, con delicadeza, al lado de Jo.

—Bueno. Creo que sé la respuesta, pero ¿si te pregunto qué ha pasado ahí, me responderás con un «sin cometa-rios»?

—Sin cometa-rios —respondió Jo, con la vista al cielo, lleno de constelaciones que sí conocía, como la Osa Mayor y la Osa Menor.

—En términos generales, tú no acostumbras a ser la persona Tengo-que-ganar-como-sea del grupo —comentó April, sin dejar de observar la cara de su amiga—. Soy yo la que es como famosa por eso.

—Es solo que pensé que estaría bien —dijo Jo, todavía mirando arriba—. Ganar.

—Claro. Pero. Habrá otras misiones —la consoló April, con unas palmaditas en la espalda—. Otras victorias. ¿Vale?

—Claro —respondió Jo, pese a que le costaba decir eso mirando a April a los ojos, de modo que siguió contemplando la luna, que le devolvía la mirada a Jo desde arriba como ese ojo gigantesco y omnisciente que puede ser la luna en una noche clara de verano.

Fue el «claro» más raquítico que Jo había pronunciado jamás, del tamaño de una raspadura de queso olvidada en el plato, dema-

LA LUNA ESTÁ ARRIBA

siado poca cosa para ponerla en una tostada, o hasta en una galleta salada.

Bajo esa misma luna, en el patio, Castor y Ripley picaban de una bandeja de aperitivos en la que casi no quedaban ya ni cheddar ni galletas saladas.

—Tú sabes mucho de estrellas, ¿no? —le preguntó Ripley mientras se sacudía las migas de la camisa.

—Ah, sí, supongo que sí —respondió Castor, recolocándose el chaleco—. Paso bastante tiempo con ellas… en casa.

—Yo paso mucho tiempo con mis hermanos y mis hermanas y mi mamá y mi papá y nuestro gato —dijo Ripley—. En casa.

—¿Los echas de menos? —le preguntó Castor, mirando las estrellas.

—A veces. —Ripley dio el antepenúltimo bocado de queso—. Pero la mayor parte del tiempo me encanta estar aquí, porque el campamento es una pasada.

Castor pegó un mordisquito a su queso, que tenía sujeto entre las patas. Le seguía alucinando que lo regalasen de aquella manera, como si tal cosa.

—¿Cuál es tu parte favorita? ¿Esa del jazzersisio?

Ripley negó con aire vacilante.

—No tengo parte favorita. ¿A lo mejor porque cada día lo es? O sea, a veces mi parte favorita es una cascada. A veces, es un T-Rex. A veces, es trepar a un árbol. A veces, es bañarme con April, con Jo y con Molly. A veces, es bailar con Pompitas. A veces,

115

es descubrir algo nuevo. A veces, es hacer algo que me encanta volver a hacer…

—Eso parece…. —Castor miró el último pedazo de queso del plato— divertido.

—Sí —dijo Ripley con un suspiro—. Aunque casi siempre nos lo pasamos mejor que hoy. A ver, o sea, ha estado divertido, pero normalmente lo es mucho pero que mucho más.

Castor asintió.

—Yo misma he preferido siempre la exploración al pillaje. Aunque a veces el pillaje es necesario, claro está, por simple supervivencia. Pero creo que la exploración se parece más a eso que vosotras llamáis… divertido.

Ripley asintió, preguntándose si pillaje significaría lo que ella creía que significaba.

Castor apartó el plato con el último trozo de queso y se lo acercó a Ripley.

—¿Sabes?, una vez, hace unas cuantas lunas, mi madre y yo encontramos un sitio… Te encantaría. —Castor sonrió, frotándose las patitas—. Estaba hecho de guijarros, todos como botones pequeñitos, blancos y negros, y cuando corrías pisando sobre ellos el suelo hacía un ruido como taca-de-taca-de-taca-de-taca. Me encantó ese sonido. Habría vuelto multitud de veces solo para oírlo. Qué sonido tan ridículo.

—Qué caña —respondió Ripley—. ¡Taca-de-taca-de-taca-de-taca!

LA LUNA ESTÁ ARRIBA

—Eres tan amable y encantadora —dijo Castor, mirando al plato, pensando en el queso, en la despensa que tenía pensado saquear esa misma noche—. No me lo esperaba. No me esperaba nada de todo esto.

Ripley se tumbó sobre el banco de la mesa de pícnic. Castor la imitó.

—La luna siempre me recuerda a una cara mirando hacia abajo —dijo Ripley, con un ojo cerrado.

—¿Ripley?

—¿Sí?

Castor movió las orejas.

—Tengo que contarte algo.

21

Era ya bastante tarde cuando todo el mundo —con la excepción de Jen, que (sorpresa, sorpresa) estaba fuera preparando cosas de las Guerras Galácticas— estuvo por fin acostado.

Ripley y Castor se desplomaron en su litera, vestidas de pies a cabeza y con la tripa llena de queso.

Fuera los grillos cantaban.

La cabaña estaba en silencio.

April le daba vueltas a la cabeza.

Se encaramó a la litera de Jo y le preguntó:

—¿Te acuerdas de los juegos a los que jugábamos antes? Ya sabes, antes de las Guerras Galácticas.

Jo meditó sobre eso.

—¿Como «Deme usted la hora, señora Wolf»?

—Oj, ¡menuda abominación, eso del Deme usted la hora,

señora Wolf! —April blandió el puño—. LA CARRERA MÁS LENTA DE LA HISTORIA.

—Ya ves.

Molly rodó sobre su litera.

—¿Habéis jugado alguna vez a Simón dice, chicas?

—Antes jugábamos a SIMONA dice —respondió Jo—, porque April se negaba a hacer lo que dijera Simón.

—No me apetece mucho que me dé ordenes una figura masculina ficticia —espetó April.

—¿Y a quién sí? —se preguntó Mal.

—¿Cuál era, aquel otro juego? —dijo April pensativa—. Aquel que nos parecía tan divertido…

Jo apoyó la cabeza en la almohada.

—¿Divertido?

—Aquel de la luna… —intentó recordar April, con la vista clavada en la litera de Jo.

—¡AH! —dijo Jo riendo—. ¡JA JA!

Era la primera vez en días que April oía reír a Jo y aquello la llenó de alegría.

—Tío… —dijo Jo entre risitas—, me encantaba ese juego. ¿Cómo se llamaba?

Se oyó un estrépito fuera y Jen apareció dando un traspiés en la puerta.

—Hola, chicas —masculló adormilada—. Soy Joan. O Jen. Da igual. A dormir.

Giró sobre sus talones y se alejó de nuevo a trompicones.

—¿Soy yo… o están las cosas como superestresantes ahora mismo en el campamento? —dijo Molly, más para sí que para las demás.

Mal se había quedado dormida, con el acordeón todavía colgado.

—Buenas noches a todas —dijo Jo, y apagó la luz.

En una noche cualquiera, las personas tenemos un cierto número de sueños, sueños que solemos olvidar porque el despertar tiende a desterrarlos de nuestra cabeza.

Jo soñó que se encontraba frente a dos puertas. Delante de la primera estaba la carta, con brazos y piernas de dibujos animados y una voz seria y profunda.

Hola, Jo.

Delante de la segunda estaba April, agitando los brazos y gritando algo que Jo no alcanzaba a oír.

Mal soñó que estaba subida a una pizza gigante, en ropa interior y tocando el acordeón, solo que todos los botones estaban cambiados de sitio y las teclas no emitían sonido alguno.

Al final, Mal pegó un manotazo y se oyó un ¡CATAPUM!

Se incorporó en la cama, despierta.

—¿¡PIZZA!?

¡PUMBA! ¡CATACRAC!

La puerta se abrió de golpe y una luz verde inundó la cabaña.

Y desapareció tan rápido como había llegado.

LA LUNA ESTÁ ARRIBA

Molly se incorporó también.

—¿¡QUÉ PUÑETAS HA SIDO ESO!?

—¿ESTÁIS TODAS BIEN? —preguntó Jo chillando.

—Creo que sí —respondió April, frotándose los ojos.

Miraron todas a su alrededor. Un viento frío entraba por la puerta abierta y hacía balancear las lunas centelleantes que colgaban sobre la cama de Ripley, que se puso de pie sobre la cama de un salto.

—¡CASTOR!

—¿QUÉ? —gritaron todas al unísono.

—¡NO ESTÁ!

22

Una leñadora, entre otras muchas cosas, ha de estar siempre preparada. Esto hay diversas formas de conseguirlo. Una es saber un montón de un montón de cosas diferentes para saber responder preguntas como: «¿Cuál es la mejor manera de curar las quemaduras de sol?», o «¿Cómo se fabrica un tirachinas?», o «¿Cuántas partidas hacen falta para ganarle a un mamut marsupial bocamonstruo al ajedrez?».

(Con aloe.)

(Busca una rama en forma de Y, púlela, hazle unas muescas en los brazos, a un dedo de las puntas, y ata en torno a ellas una goma flexible con una badana de cuero en el centro. Dispara.)

(De hecho, la pregunta es un poco trampa, porque los mamuts marsupiales no juegan al ajedrez, sino a las damas. Muy bien.)

Otra forma es llevar contigo en todo momento una serie de pertrechos básicos, preparada así para afrontar la sucesión de imprevistos que son parte inevitable de la vida de leñadora, muy en particular si eres una Roanoke.

Y es por esto por lo que April, cuando saltó de la cama, llevaba ya en la mano el lazo.

—¡ROANOKE AL LAZO!

Ripley, que venía equipada con reflejos felinos, salió como una bala, y en dos-coma-dos segundos EXACTOS estaba fuera de la cabaña.

Cruzó la puerta disparada y rebotó dos veces en el suelo antes de aterrizar con una clásica pose de superhéroe en el claro que había justo al margen de las cabañas.

—¿CASTOR?

Un chillido agudo perforó el aire. Ripley cerró el puño.

—¡Castor!

Saltó y saltó por todo el patio hasta que divisó lo que parecía de entrada una inmensa nube negra con un sinfín de piernas, y que, de hecho, se abalanzaba retumbando hacia ella en ese mismo instante, con Castor rebotando en lo alto.

—¡Rrrrripley!

Ripley dio un salto y se plantó encima de aquella masa en movimiento, justo al lado de una Castor de lo más traqueteada.

—¿Estás bien? —le pregunto Ripley, resoplando.

La masa negra y moviente llena de piernas se retorció y rebotó a ras del suelo.

—Eso creo —masculló Castor—. Y no gracias a vosotros, ¡con-

denados CABEZAQUESOS! —le gritó a la masa que retumbaba
bajo sus pies.

Ripley miró abajo. Ella había cabalgado a lomos de un alce y de
un gato gigante, pero eso era otra cosa.

—Hum —dijo, y su voz rebotó al compás de las atronadoras
criaturas—. Estoooo, ¿qué está pasando aquí?

April, Jo, Mal y Molly salieron corriendo por la puerta y vieron
a lo lejos a Castor y a Ripley sobre aquella masa que parecía diri-
girse hacia la entrada del campamento.

—Podemos cogerlas si atajamos por... —Mal se interrumpió—.
Hum.

LA LUNA ESTÁ ARRIBA

—¡Por las cabañas! —gritó Molly, al tiempo que esquivaba la Dartmoor y rodeaba la esquina de la Zodiac.

—¿Y luego qué? —preguntó Mal a voz en cuello sin dejar de correr.

—¿Tirachinas? —propuso Molly.

—No sabemos qué es esa cosa sobre la que van montadas —dijo Jo resollando—. Ni qué pasará si le damos, sea lo que sea.

A los científicos les gusta plantearse las diversas consecuencias de sus acciones antes de llevarlas a cabo. Y las Leñadoras saben que la primera regla del tirachinas es que tienes que saber a qué le estás disparando y por qué motivo.

—¡SEA LO QUE SEA, ADELANTE! —bramó April, cortando el aire con su lazo.

—¿Sabes? —le dijo Mal—. Así como nota al margen: en casa yo nunca corro y hablo a la vez.

Llegaron a la entrada del campamento antes de que lo hiciera la masa, aunque estaba ya a un paso.

—Vale. —April levantó la vista al arco de la entrada—. El plan es este: dos veces dos pases de exploradora Missy Deville Dodow y luego un rescate básico Limbo.

—¿Quieres que metamos también medio Andie Walsh? —preguntó Molly.

April frunció las cejas.

—¿Eso qué es?

Molly sonrió.

—No creo que sea realmente un pase, pero debería.

—¡Bien! —April levantó la mano—. ¡Querer es poder y nosotras queremos! ¿Listas, Roanoke?

—¡Lista!

—¡Lista!

—¡Lista!

Ripley miró a sus pies. Vista de cerca, la masa moviente parecía compuesta de criaturas, todas con anteojos plateados y diminutos cascos también plateados. Tenían unas manos enormes, con garras, todas alzadas para transportar a sus dos pasajeras. Sus pequeños hocicos rosados olisqueaban el aire. Por pura curiosidad, Ripley preguntó:

—¿Encima de qué vamos montadas?

—Topos lunares —le respondió Castor con el ceño fruncido—. ¡UNOS CONDENADOS Y HORRIBLES TOPOS LUNARES!

La masa de topos lunares dio un giro a izquierda y derecha antes de retomar su dirección original.

—¿Y saben adónde nos llevan? —preguntó Ripley, mirando hacia atrás.

—Es posible que no —respondió Castor—. Tienen los sesos de brie, estos bichos.

Eso no era exactamente cierto, pero Castor estaba bastante enfadada en ese momento.

—Vale, guay. —Ripley levantó la vista de nuevo y vio a sus

compañeras de cabaña tomando posiciones—. Bien. ¿Ves ese arco de ahí arriba? Cuando lleguemos, ¡saltamos!

—¿Que saltamos? —A Castor le falló la voz—. ¿Saltamos adónde?

—¡SALTAMOS Y NOS AGARRAMOS A LA CUERDA! —dijo Ripley señalando al arco de la entrada.

Allí, April subió a hombros de Molly a un lado y Mal a hombros de Jo en el otro. Entre ellas, como un tendedero, colgaba un tramo de cuerda.

—¡AHORA!

Y dicho esto, Castor y Ripley saltaron de la masa de topos lunares y se cogieron a la cuerda; en el caso de Castor, con la cola. Los topos, que no se dieron cuenta, siguieron avanzando a toda mecha en medio de una nube de polvo.

—¡Santa Althea Gibson, ha ido de un pelo! —dijo Molly resoplando y sujetando a April por los tobillos.

—¡YEEEEEEHA! —exclamó Ripley, columpiándose de la cuerda.

—¡CALMA, CALMA! —le dijo Mal, y se agarró con fuerza al arco con la mano que tenía medio libre—. ¡RIPLEY, la cuerda va atada a nosotras!

—¡UPS! —Ripley saltó al suelo con una voltereta y levantó los brazos—. ¡RESCATE COMPLETADO!

Castor bajó justo después y aterrizó delicadamente sobre las patas traseras.

—Gracias, muchísimas gracias.

—Esto sí que ha sido un PEDAZO de trabajo LEÑADOR en equipo —dijo April mientras enrollaba de nuevo la cuerda.

Molly se volvió hacia Castor, que estaba revisando su chaleco nuevo.

—¿Estás bien? —le preguntó.

Castor asintió con un movimiento de cabeza diminuto y se sacudió el polvo del pelo.

—¿Qué era eso? —preguntó Mal sin aliento.

Castor soltó un suspiro.

—Topos lunares.

Mal asintió.

—Ah, vale, claro. Topos lunares. Muy… ¿lógico?

—¿Y sabes por qué esos topos lunares han irrumpido en nuestra cabaña? —quiso saber Jo.

—Sí, ¿y por qué se os querían llevar en plan dibujos animados? —añadió April.

Castor agachó la cabeza.

—Solo siguen órdenes.

Molly le puso una mano en la espalda.

—¿Órdenes de quién, Castor?

—De mi madre.

23

Rosie estaba sentada en el porche, con un espumoso batido de ortigas con miel en una mano y un ejemplar de *El asombroso poder de los pelirrojos a lo largo de la historia* en la otra. Era agradable disponer de un momento para pensar y relajarse, algo inaudito cuando eras la directora de un lugar como el Campamento para Chicas Molonas de miss Qiunzella Thiskwin Penniquiqul Thistle Crumpet.

En todo campamento, y en toda ocasión, la directora se pasa el día apagando incendios. Rosie no había tenido que apagar ninguno ese día, aunque sí tenía varias ollas al fuego y unos cuantos platos en equilibrio, y además había pasado la mañana siguiendo los pasos de una criatura de la que ya hablaremos más adelante.

Una criatura muy grande.

De modo que era agradable, esa tarde, disponer de un momento

para contemplar las estrellas, tomarse un batido y meditar sobre los misterios del universo y todas esas cosas. Iba a ser visto y no visto, desde luego, pero es importante disfrutar de esos momentos mientras se pue…

—Bueno, bueno, ¡ya tenemos otra vez a tus exploradoras liándola gorda! —dijo una voz gruñona desde la oscuridad que se abría justo al margen de la cabaña.

—Buenas noches a ti también, VEJESTORIO —dijo Rosie dando un sorbo al batido y deleitándose con su sabor a ortigas—. ¿Te importa ampliar eso?

—Cuando yo era la directora no había necesidad de ampliar nada.

Dos pares de gruesas patas pardas y una desaliñada cara de osa asomaron de la oscuridad y se acercaron al porche al tiempo que se transformaban, en mitad de una nube de chispas, en las manos huesudas y el rostro enjuto de nada más y nada menos que la conocida como Mujer Osa. Aunque este, como bien sabía Rosie, no era su verdadero nombre.

—Los tiempos han cambiado —dijo Rosie con un suspiro—. ¿Quieres explicarme qué te preocupa?

—¡Ja!, ¿lo que me preocupa? —La Mujer Osa puso los brazos en jarras—. Yo no estoy PREOCUPADA. Da la casualidad de que estaba en el bosque haciendo algo que no es de tu incumbencia cuando he visto un pequeño ejército de topos lunares resollando en la oscuridad. Perdidos, como de costumbre. He pensado que debías saberlo, como directora del campamento.

Los topos lunares no son famosos por su sentido de la orientación, precisamente. Serían capaces de cavar tan contentos hasta el centro de la tierra antes de preguntar por dónde se va a la tienda. Aunque tampoco es que se les haya perdido nada en ninguna tienda. Son más de robar que de comprar.

Rosie levantó una ceja con extrañeza.

—¿Topos lunares, dices?

—Topos lunares, DIGO —espetó la Mujer Osa, lanzándole una mirada fulminante a través de los gruesos cristales de sus gruesísimos anteojos—. ¿Qué tienes pensado HACER al respecto?

Rosie se puso en pie.

—Hablaré con mis exploradoras.

—Ya sabes que los topos lunares son algo más que topos lunares.

Rosie lo sabía.

Los topos lunares son como las tortitas y el jarabe de arce, como Jo y April. Una cosa iba siempre con la otra. Y en el caso de los topos lunares, iban siempre acompañados de problemas.

—Desde luego —respondió Rosie.

—Entonces supongo que ya lo tienes controlado, como siempre. —La voz de la Mujer Osa rezumaba lo que vendría a ser sarcasmo en boca de una mujer que era también osa.

Y dicho esto, la Mujer Osa se internó de nuevo en la oscuridad y se fundió en la noche, mientras Rosie se quedaba allí con un nuevo problema entre las manos.

TERCERA PARTE

¡ADIVINA ADIVINANZA!

«¿Qué tiene la reina en la panza?»

Para una leñadora, la vida está llena de problemas… y de soluciones.

Algunos problemas, como los incendios o las inundaciones, son físicos, y otros, como los acertijos, son cosa de la mente.

La clave consiste en recordar que para cada problema hay una solución, del mismo modo que cada solución lleva aparejado un problema.

El objetivo es determinar a qué clase de problema nos enfrentamos y qué se necesita para resolverlo. ¿Es un problema matemático? ¿Hace falta una calculadora, una regla de cálculo, un transportador de ángulos?

O tal vez se trate de un problema cuya solución requiere ingenio y concentración y valorar todas las posibilidades en juego, de las cuales algunas aparecerán ante nuestros ojos enseguida y otras solo se harán evidentes cuando…

24

La mañana siguiente, Jo se escabulló de la cabaña mientras todas dormían aún. Salió al sol de la mañana y pisó la hierba, cubierta de relucientes perlas de rocío.

La carta le pesaba en el bolsillo. Ahora estaba callada, seguramente de cansancio, después de darle la tabarra toda la noche, repitiendo el mismo argumento una y otra vez, como un anuncio de la radio:

¡HOY, EL CUÁSAR! ¡MAÑANA, CIENTÍFICA! SABES QUE ES TU DESTINO.

Cada día era más gritona.

Cada día soy más gritona porque sabes que tengo razón, Jo, insistía la carta.

¿Jo?

—¿Jo?

LA LUNA ESTÁ ARRIBA

Jo se dio la vuelta y vio a Castor en la hierba.

—Perdona que te interrumpa.

—Oh. —Jo dejó caer los brazos a ambos lados—. No me interrumpes. Solo estoy… Solo estoy paseando. Sin rumbo.

—¿Por diversión?

—Eh… —Jo miró al suelo—. No, la verdad es que no.

—Supongo que no te apetecerá un paseo en bote —dijo Castor.

—Ah. Claro, ¿por qué no?

En el embarcadero, Jo levantó un remo.

—¿Te parece bien que cojamos un bote de remos?

—Desde luego —respondió Castor—. Tengo curiosidad por ver cómo funcionan los «remos» para desplazar una nave en estos lagos vuestros.

—¿No hay lagos en Saskatchewan?

Hay muchas insignias leñadoras que tienen que ver con seguridad y conocimientos náuticos (entre ellas: Pericia Naval, Mantén el rumbo y Certificado de aptitud, por mencionar solo algunas). Además, estar en el agua en un vehículo diseñado para flotar en el agua es muy divertido, siempre y cuando estés SEGURA y lleves chaleco salvavidas.

Jen querría añadir eso.

PONTE SIEMPRE CHALECO SALVAVIDAS.

Jo encontró un chaleco en el que Castor no se perdía dentro, y luego empujaron juntas un pequeño bote hasta el lago, que ese día estaba claro, azul y centelleante.

Mientras Jo remaba, Castor se agarró al borde del bote y se asomó a contemplar el agua. Alargó la pata y metió en el lago una garra diminuta que cortó la superficie con una presión no mayor que la de un zancudo de agua de tres ojos.

Al principio quedó todo en silencio; no se oía más que a Castor y a Jo, los pececillos nadando, la proa del bote surcando grácilmente las quietas aguas del lago. Luego, cuando llegaron hacia el centro, Castor se volvió hacia Jo.

—Tengo que contarte algo. Tengo que contártelo todo, de hecho. Anoche hablé con Ripley y, en fin, ya que estabas despierta, pensé que tal vez podría hablar también contigo.

—Claro.

—No estoy aquí de vacaciones —dijo Castor, sin rodeos—. Y tampoco soy de Saskatchewan.

—Desde luego que no —respondió Jo, nada sorprendida.

LA LUNA ESTÁ ARRIBA

Castor se sentó recta y apartó el chaleco a un lado para mirar a Jo.

—Soy una pirata lunar.

Descubrir que alguien no es de Saskatchewan es una cosa, pero descubrir que es una pirata lunar es algo muy distinto. Jo no sabía muy bien qué había esperado que le confesara Castor, una ratona parlante y bien vestida, allí en mitad del lago, pero desde luego lo de «soy una pirata lunar» no era.

—¿Navegas por el espacio? —quiso aclarar Jo, no fuera a ser que Castor se refiriera con «luna» a alguna dimensión paralela o algo.

Castor asintió.

—A bordo del buque Selene, el barco de mi madre, la capitana Elara. Surcamos los cielos que mis ancestros han surcado durante milenios.

La siguiente pregunta lógica, para Jo, era: ¿y CÓMO navegas por el espacio?

Hay un libro sobre este tema en la biblioteca de las Leñadoras, de hecho. Es muy antiguo, y las páginas están prácticamente pegadas con polvo lunar. Está encuadernado en piel plateada y escondido debajo del diccionario de terminología náutica celeste y un mapa que nadie ha consultado en muchos siglos.

Ese libro incluye un complejo diagrama que describe barcos como el de Castor, el Selene, y también su mecanismo de vuelo, pero faltan varios elementos esenciales, detalles que revelan cómo puede una bola de luz albergar centenares de ratones y cruzar el espacio a la velocidad del sonido (y que atañen a la relación entre luz celeste y energía cinética).

Castor intentó explicar lo mejor posible a Jo cómo lograban volar los barcos lunares, información que Jo almacenó en la trastienda de su cerebro en una carpeta con la etiqueta «PROYECTOS PENDIENTES».

—Y bien, de todos los campamentos de todas las galaxias, ¿cómo es que has terminado aquí? —quiso saber Jo.

—Lamento decir… —confesó Castor, mirándose las patitas— que vine a saquear vuestras despensas.

—A saquear —repitió Jo—. Bueno, supongo que es como algo típico de la piratería.

—Es la ESENCIA de la piratería —reconoció Castor.

—Pero tú no… saqueaste, ¿verdad?

—No —respondió Castor—. Bueno, no después de aquel delicioso pedacito de alasqueño.

—Pero no vas a coger más…

—No.

—Y entonces —dijo Jo hundiendo el remo en el lago—, ¿ahora qué?

—Lo primero ya ha pasado —señaló Castor.

—¿Los topos lunares? —preguntó Jo.

—Los topos lunares —asintió Castor—. Mandados para rescatarme tras mi fallida excursión.

—Supongo que eso significa que no puedes quedarte sin más y pasar un tiempo en el campamento.

Castor negó con la cabeza.

LA LUNA ESTÁ ARRIBA

—Soy la hija de la capitana, y eso quiere decir que algún día yo seré la capitana. Tengo un barco. Tengo responsabilidades. La vida de pirata no está diseñada para darse caprichos ni para… diversiones.

En un rincón del lago, un grupo de exploradoras madrugadoras estaban practicando lo que parecía un ejercicio de natación sincronizada que a las truchas del lago, aparentemente, les resultaba en dos palabras «muy entretenido».

Jo se miró las manos.

—Te entiendo.

—Pero, aun así —siguió diciendo Castor, asomándose al borde del bote y mirando el reflejo de su triste cara de ratona en la superficie quieta y cristalina del lago—, me alegro de haberme divertido un poco. Ha sido… divertido.

—Yo también me alegro —dijo Jo, apretando entre los dedos la carta, en un bolsillo de la chaqueta.

—Gracias por el paseo en bote.

—De nada —respondió Jo—. Y lo siento. Es decir, siento que tengas que irte.

—Yo también lo siento.

Castor regresó a su puesto en la proa del barco y escondió el hocico tras el chaleco salvavidas.

Una nube oscura se arremolinó en torno al sol y tiñó de gris el azul del lago.

En la orilla, Rosie las estaba esperando.

25

Jen no dejaba de caminar arriba y abajo por la cabaña de Rosie, con ojos llorosos, el pelo lleno de purpurina y cara de estar muy necesitada de sueño. El resto de las Roanoke la miraba; nunca habían visto a nadie que llevase tantos días sin dormir como los que llevaba Jen.

Porque Jen no dormía desde…

¿Cuántos días llevaba trabajando sin descanso en las Guerras Galácticas?

—Jen camina, en plan, pero que muy rápido —dijo April, con un punto de admiración, porque April aspiraba a ser una de las personas más ajetreadas y eficientes del planeta.

—Jen necesita un té —comentó Molly.

—Lo que necesita es DORMIR —señaló Jo.

Pompitas soltó un «chirp» afirmativo. A Pompitas le gustaban muchas cosas, y dormir una siesta hecho un ovillo estaba en el top de la lista.

A Mal no se le ocurría qué podía necesitar Jen, pero quedaba solo un día para su examen de acordeón, y estaba bastante segura de que una vez lo pasara todo volvería a la normalidad.

Fuera lo que fuese eso.

—Jerry —le dijo Rosie—, te voy a tener que pedir que respires hondo.

—Es JEN —murmuró Jen, y se aplastó las mejillas entre las manos—. Vale, me llamo JEN. Entonces. ¿Qué pasa? ¿Pasa algo? ¿Hay una ratona? ¡Lo sabía! ¿Se está yendo a pique alguna otra cosa? ¿Se están yendo a pique las GUERRAS GALÁCTICAS? ¿Hay algún problema?

—No pasa nada —la tranquilizó Rosie, y la hizo sentar con cuidado en una cómoda silla en la que Jen se meció peligrosamente cerca del precipicio del sueño—. Solo tenemos un pequeño problemilla con nuestra reciente visitante y la llegada inminente de…

—Mi madre —dijo Castor.

—En efecto. ¿Hay algo más que debamos saber?

—Contaba con hacerse con un buen botín de queso —añadió Castor—. Así que puede que se presente un poquito… enfurruñada.

—Bueno, eso ya veremos cómo manejarlo cuando llegue el momento —respondió Rosie—, porque le tenemos mucho aprecio a nuestro queso por estos lares.

—La madre de Castor es pirata —le susurró Ripley a Mal y a Molly.

—Eso es un alucine —contestó Mal.

—Y Castor también es pirata —apuntó Jo, por si no había quedado claro.

—Un momento. ¿Desde cuándo sabes que Castor es pirata? —le preguntó April de mal humor.

—Desde hace poco. Puede que unos cuantos miles de segundos.

Jen se enderezó sobresaltada y estuvo a punto de caérsele la taza al suelo.

LA LUNA ESTÁ ARRIBA

—¿Mmmquuué? ¿Qué? ¡Ya voy! ¡Ya…! —Y se volvió a desplomar de sueño.

—Así que, básicamente, tu madre vendrá y pondréis rumbo de nuevo a los anchos confines del cielo —resumió Rosie—, lo que no creo que interfiera con las Guerras Galácticas.

Jen, de haber estado despierta, se habría sentido aliviada, pero estaba sumida en un sueño tan profundo que ni una manada de elefantes podría sacarla de él.

Ripley tomó la palabra.

—Creo que Castor debería participar en las Guerras Galácticas —dijo—. Ya que tiene que irse, habría que darle la posibilidad de jugar.

—¿Tú quieres participar? —le preguntó Rosie.

—Oh, por nada del mundo querría… —Castor se ruborizó— molestar…

Rosie apoyó las manos en su escritorio.

—Me parece buena idea. PERO tendréis que decidir quién le cede su puesto en la cabaña. Debéis competir con el mismo número de participantes con el que contabais al inicio del torneo. Esas son las reglas, por incomprensibles que parezcan.

Rosie cogió una manta y se la echó por encima a Jen, que se había acurrucado como un gato en el sillón.

—Os dejo escoger. Decidme esta noche qué habéis decidido.

26

No tenéis por qué hacer esto —protestó Castor mientras las Roanoke se sentaban en torno a la mesa de pícnic que había enfrente de la cabaña de Rosie—. Yo vine a robaros el queso. No merezco vuestra generosidad.

—Viniste aquí como pirata para saquear —le recordó Jo—. Tampoco es que la tuvieras tomada con nosotras ni nada.

—El contexto lo es todo —coincidió Molly.

—Y que lo digas —añadió Mal—. Además, yo últimamente no hago más que meter la pata, así que no debería ni competir. ¡Ocupa mi puesto!

—Un momento —replicó Molly, con los brazos en jarras—. Mal, tú eres increíble. Eres nuestra estratega. ¡Tienes que jugar pero fijo!

Mal negó con la cabeza.

LA LUNA ESTÁ ARRIBA

—Yo soy la música, o lo era, al menos. JO es el cerebro; APRIL, las narices; RIPLEY, el nervio. —Señaló a Molly—. Y TÚ eres el corazón. ¡No me necesitáis para nada!

—En primer lugar, ¿por qué somos todas partes del cuerpo? —preguntó April—. En segundo lugar, si acaso Ripley es las narices. Y en TERCER LUGAR (para terminar), ¡por supuesto que te necesitamos, Mal!

—Yo soy la que metió la pata la última vez —dijo Jo, hundiendo las manos en los bolsillos—. O sea, quiero de verdad que ganemos porque... —Le lanzó una mirada a April y balbuceó—. Pero a lo mejor no debería...

—Pero ¿qué pasa contigo? —April lanzó las manos al cielo—. Primero te pones tope Billy Jean King con esto, lo cual es rarísimo. O sea, ¿por qué de repente te importa ganar INCLUSO MÁS QUE A MÍ? ¿¡Y ahora me vienes en plan: «No quiero participar»!?

—Si queremos ganar, yo no debería participar —insistió Mal.

—Tiene que haber una solución —dijo Jo—. A lo mejor si nos puntuásemos entre nosotras del uno al cinco en diferentes habilidades...

Era un torbellino, un huracán de ESTRÉS Roanoke. Castor abrazó su cola contra el pecho. Ripley se encaramó a la mesa.

—¡¡¡EO!!! ¡¡¡ESCUCHADME!!! —gritó, levantando el dedo.

—¿Sí, Rip? —respondió Jo.

—Tengo algo que decir. —Ripley puso los brazos en jarras, las piernas separadas, y se apartó el mechón azul de los ojos—. Y lo voy a decir.

—¡Vale! —respondieron al unísono las Roanoke.

—La cosa que tengo que decir… —comenzó Ripley, lanzando a sus compañeras exploradoras una mirada radiante— es que DA IGUAL.

—¿Qué es lo que da igual? —preguntó Mal.

—Quien gane —explicó Ripley—. Ganar. Ganar cosas. Conseguir cosas. Da igual. Porque lo único que queremos todas es PASÁRNOSLO BIEN. Esa es la clave de ser LEÑADORA. Se supone que tenemos que DIVERTIRNOS.

Se quedaron todas en silencio. Seguramente alguna de ellas estaba repasando su difuso recuerdo de la promesa de las Leñadoras para ver si en efecto decía algo de «divertirse».

—Así que da igual quién sea la que no juegue, porque da igual que ganemos o no. Podemos probar a ver quién saca la pajita más corta, y así todas menos una se lo pasan bien jugando, y la que no juegue se lo puede pasar bien MIRANDO —remató Ripley. Y, con floritura, les hizo una reverencia.

Lo de DIVERTIRSE no aparece mencionado de manera explícita en la promesa de las Leñadoras (véase la página vii), pero aun así es bastante importante.

—Santa Buffy Sainte-Marie —exclamó April sin aliento.

—Ripley es el cerebro —dijo Mal.

—Ripley es el pack completo —añadió Molly.

LA LUNA ESTÁ ARRIBA

April dio media vuelta y se puso de puntillas para mirar a los ojos a su mejor amiga.

—Jo, creo que piensas que lo único que quiero es ganar, y sí que quiero, pero no es lo más importante para mí. Lo más importante eres tú.

Jo se mordió el labio.

April se volvió de nuevo, hacia Ripley.

—La diversión es importante. Y que seamos un equipo y nos divirtamos JUNTAS también. Me muero de ganas de veros jugar, chicas.

Jo frunció el ceño.

—«¿Veros?»

April asintió.

—Yo os voy a animar, y vosotras os lo vais a pasar FENOME-NAL. Y yo también me lo pasaré fenomenal porque sois increíbles.

Cogió a Jo de la mano y se acercó para susurrarle:

—Y cuando estés preparada para contarme qué es lo que te agobia desde hace cuatro días, aquí me tienes.

Por una vez, la carta no dijo palabra.

27

La Contienda Final. El resultado de cantidades infinitas de sangre, sudor y lágrimas se alzó sobre el campo, una auténtica hazaña de prodigio obstaculístico.

El día que todas habían estado esperando conteniendo la respiración.

Era el GRAN ESPECTÁCULO DE OBSTÁCULOS DE GUERRERAS INTERGALÁCTICAS, que incluía muros, cuerdas, túneles, caídas, bolas, trampolines y otros juegos imprescindibles del campamento.

Jen, que había dormido seis horas en lo que a Rosie le pareció un coma profundo, era una mujer nueva; brillaba como un púlsar en su primer cumpleaños. Irradiaba felicidad y brincaba sin cesar junto a la línea de salida con su megáfono y su gorrito de luna.

—¡TENEMOS A LAS ZODIAC EN PRIMER LUGAR,

LA LUNA ESTÁ ARRIBA

A LAS ROANOKE EN SEGUNDO Y A LAS WOOLPIT EN TERCERO! PERO ¡NO IMPORTA EN QUÉ PUESTO ESTÉIS, QUIERO QUE SALGÁIS AHÍ A DIVERTIROS!

Las exploradoras vitorearon como locas.

—¿¿¡¡¡¡ESTÁIS PREEEEEPAAAARAAAADAAAAAS!!!???

Los equipos se colocaron en la línea de salida, en modo competición ACTIVADO.

Las Dartmoor se habían puesto unos monos negros a juego con estrellitas cosidas a la espalda. Las Woolpit se habían sacado de la manga unas camisetas de tirantes adornadas de lunas. Y las Zodiac llevaban todas una especie de uniformes de astronauta que había cosido Barney.

—Vamos a ganar —rugió Wren, de la Zodiac.

—Y que lo digas —gritó Hes, y chocó los cinco con fuerza con Barney.

Barney, que seguía con su estrella puesta, se volvió hacia las Roanoke y las saludó:

—¡BUENA SUERTE!

—¡SUERTE TAMBIÉN! —le saludaron a coro las Roanoke, que habían optado por embadurnarse la cara con una generosa capa de purpurina, en honor a la capitana del equipo: ¡RIPLEY!

—Ya me he tragado como una taza entera —dijo Molly.

—Vamos a terminar con los pulmones más relucientes del universo —convino Mal entre toses.

April, fiel a su costumbre, estaba ya preparada para animar al

MARIKO TAMAKI

EQUIPO ROANOKE dejándose en ello hasta la última gota de energía.

—¡SÍÍÍÍÍ! ¡VENGA, VOSOTRAS PODÉIS! ¡ARRIBA, ROA-NOKE!

A su lado, Pompitas daba volteretas adelante y atrás llevado por la emoción.

—¡CHIIIIIRP! ¡CHIIIIIRP!

—De acuerdo, equipo —dijo Ripley, corriendo sin moverse del sitio—. Recordad que lo más importante hoy es lo más importante siempre, y esa cosa es…

—¡DIVERTIRSE! —respondieron todas al unísono.

Hasta las criaturas silvestres se congregaron allí para contemplar aquel disparatado espectáculo durante una hora.

—Entonces… ¿esto es como un concurso? —se preguntó en voz alta un zorro de pelo encrespado—. ¿Para ganar comida?

—He oído que hay pizza —respondió una eriza—. Yo haría esto por una pizza.

—Sí, sí —los cortó un oso refunfuñón—. Ahora silencio y dejadnos ver el concurso.

—¡MUY BIEN, EXPLORADORAS! —Jen se colocó frente a la línea de salida—. ¡PANKHURSTS!... ¡LAURENS!... ¡JOHNSON!

Las Leñadoras arrancaron a correr formando una manada enorme y atronadora de exploradoras chillando, voceando, lanzándose de rodillas para escurrirse por el primer obstáculo, una serie de túneles: ¡A TRAVÉS DEL AGUJERO NEGRO!

LA LUNA ESTÁ ARRIBA

Castor lo superó fácilmente, igual que Ripley.

—¡Adelante, equipo! —gritó Ripley por el tubo.

—Esto es fabuloso —chilló Castor emocionada.

—Pero. Qué. Estrecho —resopló Jo, retorciendo el cuerpo a un lado y a otro mientras Molly hacía todo lo posible por avanzar como una oruga y Mal se arrastraba con un movimiento combinado de los dedos de los pies y las manos.

Y después... ¡SIGUE LA VÍA LÁCTEA! Una constelación gigante de cuerdas blancas tendidas en lo alto de una serie de escaleras de mano a las que las exploradoras tenían que subirse y luego cruzar como en la cuerda floja si no querían acabar en una piscina lunar de agua helada.

Castor recorrió las cuerdas a toda velocidad; sus patitas danzaron sobre ellas como si lo hubiese hecho un millón de veces.

Cuando estuvo a salvo al otro lado, Ripley se volvió hacia su equipo.

—Por qué. Siempre. ¿Agua? —protestó Mal entre escalofríos y esforzándose por no mirar abajo.

—A ver —dijo Ripley cuando todas lo hubieron conseguido—, para hacer que la etapa siguiente sea más divertida, tengo una idea, ¿vale?

—Me apunto —dijo Jo con una sonrisa.

Mal, Molly y Castor asintieron también.

Las Zodiac se volvieron a mirar a Castor, a Ripley, a Mal, a Molly y a Jo, que se encaminaban al siguiente obstáculo fingiendo que flotaban a gravedad cero entre carcajadas histéricas.

—¿Qué hacen? —dijo Skulls con una risita.

—Están caminando sobre la luna —respondió Hes, suspirando.

—Pero así pierden tiempo —dijo Wren con el ceño fruncido.

—Allá ellas —atajó Hes—. Si les da igual ganar, ganaremos nosotras.

A continuación, el equipo Roanoke completó el SWING SOLAR y se dirigió a la sección de PUAJ-STRONOMÍA, donde se metieron obedientemente un puñado de galletas saladas en la boca y se pusieron a silbar, tarea que a Molly le provocó un ataque de risa tan fuerte que le disparó galletitas por la nariz, lo que le provocó un ataque de risa tan fuerte a Mal que TAMBIÉN ella disparó galletitas por la nariz.

Luego hicieron una torre humana de cinco pisos para alcanzar LA CIMA DEL MUNDO, un muro de más de dos metros de alto, al que Castor se encaramó primero para ayudar así a Ripley a tirar de Mal y de Molly.

—¡ARRIBA, EQUIPO ROANOKE! —las animaba April a gritos, sin dejar de correr arriba y abajo del campo.

—¡CHIIIIIRRP! —las animaba también Pompitas desde los hombros de April.

—¡EL ÚLTIMO DESAFÍO ES «AL OTRO LADO DE LA LUNA»! —anunció Jen por el megáfono—. ¡DEBÉIS MANTENER LA LUNA EN ÓRBITA MIENTRAS CORRÉIS CAMPO A TRAVÉS HACIA LA META!

—¿Preparadas? —Ripley cogió una gran bola blanca de la pila.

—¡Preparadas! —contestó Jo, lanzándose al campo.

—SI LA BOLA TOCA EL SUELO, TENDRÉIS QUE IR AL EXTREMO DEL CAMPO Y EMPEZAR DE NUEVO.

Ripley lanzó la bola por los aires con un saque de voleibol.

—¡MÍA! —Castor le dio un buen golpe con la cola.

—¡MÍA! —Jo se la mandó con un revés a Molly y esta se la devolvió a Mal.

—Oye —dijo Mal, golpeando la bola en dirección a Jo—, esto parece sospechosamente sencillo.

—Ya —coincidió Molly—. Tengo la sensación de que en cualquier momento un rebaño de ovejas furiosas aparecerá en el campo y nos atacará con bates de plástico o algo.

—O… —dijo Mal, recibiendo de nuevo la bola— a lo mejor es que se acerca el final de la competición…

Molly quería responder con un «Nooo, demasiado fácil», pero decir «demasiado fácil» es como llamar al mal tiempo.

Ripley le pegó un puntapié extrapotente a la bola y esta salió disparada, con un silbido, directa al cielo. Todas miraron arriba para ver dónde aterrizaba.

—¿Qué… —preguntó Molly.

—Es… —continuó Mal.

—Eso? —terminó Jo maravillada.

Castor alzó la vista y soltó un suspiro.

—Ostras.

Arriba en el cielo, una nube ensombreció el centro de la luna, acompañada, como ocurre con las nubes así, de un zumbido y un zap zap zap, que es el ruido que hace algo cortando el aire: el sonido de un aparato volador. Un ruido al que estabas acostumbrada si eras una ratona lunar. A Castor le temblequearon las orejas.

La bola aterrizó con suavidad en el terreno del campo, por lo demás desierto. Jo, Mal, Molly y Ripley la ignoraron y contemplaron cómo la sombra crecía cada vez más y más y más.

Y se acercaba cada vez más y más y más.

April se deslizó hasta el borde del campo.

—Pero ¿qué Octavias E. Butlers…?

Justo en ese momento, la tierra tembló. Una pared de topos lunares emergió escarbando del suelo; sus hocicos rosados se abrían paso al tiempo que se aupaban unos a otros para erigir un muro en torno al campo y dejar atrapadas a las Roanoke.

—¡Ah, no! ¡Ni hablar! —April cargó contra ellos y saltó por encima de la creciente barrera de topos lunares para reunirse con su equipo—. ¿Qué está pasando? —gritó por encima del estruendo de garras excavadoras y sombras chirriantes.

Castor suspiró.

—Ha llegado mi madre.

28

El día de la Visita de las Familias, los padres y tutores de las exploradoras están invitados a participar junto a ellas en una serie de actividades que sirven para destacar sus logros y metas. Ese día, los padres atraviesan el bosque por un angosto camino que lleva hasta el arco de la entrada del campus principal.

Pero la madre de Castor, la capitana Elara, se plantó allí caída del cielo, tras viajar una distancia enorme a lo largo de lo que los piratas lunares llamaban la gran corriente intergaláctica, a bordo del magnífico buque Selene.

El Selene no era un barco cualquiera. Estaba pensado para travesías lunares y ratones lunares, y era lo bastante rápido y ligero como para ir esquivando estrellas. Por dentro, estaba repleto de mecanismos y palancas perfectos para patas pequeñas, compartimentos para comer, dormir y volar, y… Bueno, en realidad eso es todo. Por fuera era más o menos del tamaño de una casa del árbol, pero en redondo, perfectamente redondo, y resplandeciente, una esfera de luz trémula con una superficie que no dejaba de zumbar y de girar; una superficie compuesta de tal cantidad de dispositivos que un mecánico corriente se quedaría alucinado.

Se trataba de un navío en forma de luna construido para navegar de luna en luna en luna, a la búsqueda de lo que hubiese disponible, preferiblemente queso, una sustancia que abundaba mucho más de lo que imaginaba la mayoría de la gente y de lo que la mayoría de los amantes del queso osarían soñar.

El Selene aterrizó en el campo con un resoplido colosal, una ola de aire que empujó a las exploradoras que había en el campo contra el muro de topos montando guardia. Mientras las Roanoke trataban de ponerse en pie, se oyó otro zumbido. Tras el resplandor, por entre los componentes giratorios de los mecanismos voladores de la nave, una puerta enorme se abrió de golpe con una ráfaga de lo que parecía una niebla azulada.

Frente a ella se desplegó un pequeño ejército de ratones ataviados con magníficas chaquetas de seda y cinturones de piel, todos ellos empuñando diminutas espadas plateadas, y tras ellos apareció la gran capitana en persona.

La capitana Elara era una ratona relativamente alta, colilarga y ancha de espaldas. Llevaba anillos de plata y oro en las garras y en torno a la cola. Su casaca, larga y dorada, estaba toda bordada y cubierta de deslumbrantes piedras preciosas. Hasta los bigotes se

los había teñido de plata y oro. En la cabeza lucía un gran sombrero en forma de pera del que asomaba una pluma en lo alto.

—Por todas las joyas de Júpiter, madre —dijo Castor mientras correteaba hacia ella—, no es un planeta tan formal. No hacía falta tanta ceremonia.

A la capitana Elara el comentario no le hizo gracia.

—¿Perdona? —Dio una patada en el suelo y los anillos tintinearon—. ¿Te atreves a venirme *a mí* con eso de «por todas las joyas de Júpiter, madre» cuando no has conseguido hacerte ni con la más miserable loncha de queso en este miserable planeta plagado de tontainas con los sesos de gruyer?

Castor se cruzó de patas.

—¡Estas son mis amigas! Me niego a saquearlas.

La pluma del sombrero de Elara no dejaba de balancearse mientras la capitana echaba chispas.

—¡SINCERAMENTE, CASTOR! ¿Tú qué eres, una RATONA o una HUMANA?

—Soy una ratona —respondió Castor, y luego, en voz baja—: Y no hace falta que seas tan grosera.

—Hum, eh, hola. —Jo dio un paso al frente, con una sonrisa hospitalaria—. Yo soy Jo, miembro de la cabaña Roanoke, y, hum, eh, humana. Me acostumbro a encargar de las presentaciones. Estas son mis compañeras exploradoras Mal, Molly, Ripley y April.

—Hola. —Todas saludaron nerviosas.

—Bueno… —Jo pensó cual podría ser el mejor enfoque, dado

que nunca antes había hablado con una pirata lunar—. Solo queríamos decirle que lo hemos pasado estupendamente bien con Castor, y que nos parece muy inteligente, y que tiene madera de exploradora.

La capitana Elara agitó la cola enjoyada y resopló por la nariz.

—¿EXPLORADORA? —soltó con desdén—. ¿EXPLORADORA? ¡BLASFEMA! ¡Castor es PIRATA!

Los piratas en formación que había tras ellas asintieron todos a una.

—La de PIRATA ¡es una profesión seria! —La pedrería de Elara temblequeó.

Los piratas asintieron de nuevo.

—Ahí, ahí —chilló uno.

—Ejem —tosió Jo.

—Vosotros los humanos no tenéis ni idea —siguió gruñendo la capitana Elara—. Malgastáis un día tras otro. Es como darle QUESO a los CERDOS.

April miró a Jo.

—Caray.

—Castor, mueve la cola; te quiero ver a bordo de ese barco ahora mismo —ordenó Elara, señalando el Selene con una pata enjoyada—. Estoy hasta el gorro de tonterías.

Castor se volvió hacía sus compañeras de cabaña adoptivas.

—No sé cómo disculparme —dijo en un agudo hilillo de voz—. Muchas gracias por todo. Gracias por el chaleco, Ripley. Ha sido… divertido. De verdad.

Ripley se sorbió los mocos y se despidió con la mano.

—Adiós, Castor.

Y dicho esto, Castor dio media vuelta, pasó silenciosamente junto a su madre en dirección a la nave, con las orejas gachas, y cruzó la hilera de ratones formados frente al barco, todos chasqueando la lengua con desaprobación.

—Por el Gran Neptuno y todas sus formaciones de hielo, Castor, ¿dónde está tu casaca? —le preguntó Elara, siguiéndola con una mirada enojada—. ¿Eso es de TELA VAQUERA?

—No es justo —dijo Ripley, con la barbilla pegada al pecho—. Ahora que estábamos empezando a divertirnos…

Érase una vez una exploradora que solo sabía lo que quería comer cuando lo veía en el plato de otra. Y era un engorro, pero a veces es más fácil ver las cosas con claridad cuando están a una cierta distancia, como por ejemplo recorriendo un triste y largo trecho hacia una obra de ingeniería por lo demás milagrosa.

Jo apretó los labios.

«Castor no debería tener que irse», pensó.

¿Quién dijo que ser leñadora no tuviese relación alguna con eso tan alucinante del destino?

Nadie, que Jo supiera.

En realidad, comenzó a decir la carta, si de lo que hablamos es de la grandeza y de cómo llegar a ella, que es lo que parece que...

Pero Jo no la escuchó.

—¿Sabes qué? Divertirse es importante —se dijo Jo a sí misma, dando un paso al frente—. DIVERTIRSE. TAMBIÉN. ES. IMPORTANTE… ¡CAPITANA ELARA! —gritó.

—Aj, ¿QUÉ PASA AHORA? —espetó la capitana, irritada.

Jo avanzó con la cabeza bien alta.

—Creo que debería dejar que Castor se quedase. Creo que poder divertirse un poco es más importante de lo que usted cree. Creo que divertirse…

April se mordió el labio. Ripley sonrió radiante.

—… es genial —terminó Jo.

La capitana Elara le hizo un gesto con la mano, como si intentara despacharla.

—Castor está destinada a hacer cosas serias. Tiene que concentrarse en cosas serias. Este no es lugar para una futura capitana.

—Creo que se equivoca —insistió Jo—. Creo que aquí es precisamente donde debería estar.

—Eso crees, ¿eh? —respondió la capitana Elara con una sonrisa que reveló un hilera de dientes tachonados de diamantes—. ¿Y cuánto estás dispuesta a apostar?

165

29

De todas las batallas que una leñadora habrá de afrontar, puede que la más importante sea un duelo de ingenio. (Uno de los duelos de ingenio más largos en la historia de las Leñadoras se prolongó durante más de diez años y tuvo como protagonistas a dos exploradoras, una de las cuales se conoce hoy en día como la Mujer Osa. Con el paso del tiempo, a menudo no estaba claro quién iba ganando, o quién seguía jugando siquiera. Al final, el duelo se decidió con tres sencillas palabras: «Te lo dije». No revelaremos quién ganó, porque ganar, como ya hemos dicho, no es necesariamente tan importante como pasarlo bien.)

A lo que íbamos.

Un duelo de ingenio es una batalla sin armas. Una batalla entre cerebros.

LA LUNA ESTÁ ARRIBA

Y ni siquiera entre cerebritos de biblioteca, sino entre cerebros pensantes.

Un cerebro pensante puede ir a cualquier parte y hacer cualquier cosa.

Un cerebro pensante es algo muy valioso.

La capitana Elara lo sabía.

Igual que lo sabía Jo.

—Si yo soy capaz de resolver su acertijo y usted no es capaz de resolver el mío —propuso Jo—, Castor se queda.

—Desde luego. Y si yo resuelvo el tuyo y tú no resuelves el mío… —Elara acarició de punta a punta uno de sus largos y dorados bigotes—, Castor se viene conmigo Y vosotras nos entregáis TODA VUESTRA PROVISIÓN DE QUESO.

Mal soltó un silbido.

—Adiós tacos, adiós pizza, adiós enchiladas, adiós sándwiches de queso fundido el resto del verano. —Ripley tragó saliva.

—Recaray —añadió Mal.

—Ojala tuviésemos intolerancia a la lactosa y nos diesen igual estas cosas —se lamentó April.

—Tenemos que aceptar —dijo Ripley—. No hay otra opción.

Todas asintieron enérgicamente. SÍ.

—Cuidado —murmuró Castor, que se acercó corriendo como una flecha—. Mi madre es famosa a lo largo y ancho del universo por su habilidad con los acertijos. Una vez hizo llorar al Delfín Real de Neptuno con una derrota cuatro a uno.

—Hecho —anunció Jo con la barbilla bien alta frente a sus compañeras de cabaña—. Las capitanas primero.

—Muy bien. —Con su nave a la espalda, la gran capitana Elara llamó a dos piratas de su tripulación a sendos lados.

Dio dos palmadas con sus patas enjoyadas y cada ratón se puso rígido y en guardia, con la punta de la espada al suelo, la barbilla alzada, las orejas erguidas y la mirada al frente.

—Tenéis delante dos ratones que custodian dos puertas —comenzó la capitana—. Uno custodia la puerta que lleva al queso. El otro custodia la puerta de un lugar en el que no hay queso.

—Esto pinta mal —dijo April en voz baja.

—El ratón que custodia la puerta del queso siempre dice la verdad y el ratón que custodia la puerta del lugar en el que no hay queso siempre miente, PERO ¡en apariencia, son indistinguibles!

Los dos ratones hicieron girar sus espadas a un tiempo y clavaron una adusta mirada al frente. Después, la capitana Elara se acercó a las Roanoke con la pata extendida.

—Podéis hacerle a cada centinela UNA PREGUNTA y SOLO UNA para descubrir qué puerta conduce al queso. DESPUÉS debéis decirme qué puerta escogéis.

—Vale —dijo Jo, y se volvió hacia el resto de exploradoras—. ¿Ideas?

Molly cogió a Mal de la mano.

—¿Tú qué piensas?

Mal negó con la cabeza.

LA LUNA ESTÁ ARRIBA

—Soy incapaz de pensar. Necesito conseguir la insignia. Luego podré concentrarme en esto.

—Sí que eres capaz —insistió Molly, y atrajo a Mal a un abrazo—. Mal, se te da genial la música y ADEMÁS te encanta resolver acertijos y ADEMÁS eres divertida.

Mal se sonrojó.

—¿Soy divertida?

—Y tienes un estilo superguay —añadió Molly con una sonrisa.

Mal se volvió a mirar a los dos ratones. Luego miró de nuevo a Molly.

—Yo creía que se me daba bien la música. Pero me equivocaba.

Molly la cogió por los hombros y la estrechó con fuerza.

—No te equivocabas —le aseguró—.«Bohemian Rhapsody» es una canción dificilísima.

Y dicho esto, le dio un beso diminuto en la punta de la nariz.

—Oix. —April sonrió.

—Venga, Mal —la animó Jo—. Tú puedes.

Mal dio un paso al frente. Miró a un ratón. Luego al otro.

De pronto, sonrió con una ancha y enorme sonrisa de las suyas. Esa clase de sonrisa capaz de iluminar una habitación como si fuese una bombilla o un relámpago.

—Ya lo tengo. —Mal se volvió al ratón de la derecha—. Si le pregunto al otro ratón qué puerta conduce al queso, ¿cuál me señalará?

El ratón frunció el ceño.

—El otro ratón dirá que la puerta que conduce al queso es la que está detrás de mí.

Mal se volvió hacia sus compañeras, radiante.

—¡Ya está! —dijo, dando saltos—. Da igual qué responda el otro, ¡la puerta señalada es la puerta que no lleva al queso! El ratón mentiroso MENTIRÍA y señalaría la puerta que NO conduce al queso. El ratón honesto diría la verdad y señalaría la puerta que según el ratón mentiroso conduce al queso, pero que en realidad es la puerta tras la que no hay queso. Así que sea como sea, es la otra puerta.

Ripley abrió los ojos como platos.

—Ualaaaaaa.

—A mí me cuadra —dijo Jo.

—El-Emmental —dijo April sonriendo.

—Es esa puerta —decidió Mal, y señaló la puerta de la izquierda.

El ratón de la izquierda hizo una reverencia.

—La dama está en lo cierto.

—Bien hecho —dijo la capitana Elara con altivez—. Pero os lo advierto, engañarme no será NADA fácil.

30

Cómo va a ser siquiera justo este duelo? —dijo la capitana Elara alargando las palabras—. Un puñado de exploradoras contra mí, la capitana, que estoy versada en toda clase de saberes y llevo años probándome frente a los mares celestes. No sé si sabréis que hice llorar al Delfín una vez, hace muchas lunas.

—Eso hemos oído —respondió Ripley—. Pobre Delfín.

—Más vale que se nos ocurra algo bueno. —Molly se mordió el labio.

Jo se llevó un dedo a la boca. Y como ocurre a veces cuando una hace eso, en el cerebro de Jo un recuerdo hizo cling: la respuesta a una pregunta que ni siquiera recordaba haber formulado.

—Eh —dijo, volviéndose a April—. Acabo de recordar el nombre de nuestro juego favorito.

—¿Qué juego?

—¿Recuerdas lo que hablábamos en la cabaña, sobre juegos de cuando éramos pequeñas? —Jo sonrió—: ¡SALE LA LUNA!

—¡Ay, por AMY POEHLER, PUES CLARO! —April agarró a Jo del brazo y empezó a dar brincos arriba y abajo.

—Para este acertijo —explicó Jo a la capitana Elara—, tenemos que arrodillarnos todas en círculo.

Los ratones miraron a su capitana, confundidos.

—Hacedlo —ordenó esta con un suspiro, haciendo girar la mano en el aire como un molino hastiado.

—Todo el mundo —dijo April, corriendo a organizar a los ratones en un gran corro—. Venga, no seáis tímidos.

Una vez reunidos, Jo tomó el sable de uno de los ratones y lo sostuvo en alto.

—Hoy vamos a jugar a un clásico leñador: SALE LA LUNA. Para que salga, debemos colocar todas correctamente el sable.

Jo ocupó su puesto arrodillada junto al resto de exploradoras.

—Tiene una ronda para resolverlo, capitana —dijo—. Así que...

Jo alzó el sable bien alto.

—A LA UNA... —gritó, al tiempo que se inclinaba hacia delante y colocaba el sable en la hierba, frente a ella— ¡SALE LA LUNA!

April cogió el sable a continuación. Lo alzó todavía más alto.

—A la UNAAAAA... —anunció, cantarina, y bajó el sable hasta que la barbilla casi tocó el suelo— ¡SALE LA LUNA!

LA LUNA ESTÁ ARRIBA

Los ratones las observaban confundidos y no dejaban de agitar nerviosamente los bigotes y las colas, olisqueando el aire con curiosidad.

—¡A la UNA…! —Mal empuñó el sable, lo hizo girar varias veces y luego lo dejó en el suelo, apuntando a la izquierda—, ¡SALE LA LUNA!

Uno de los ratones cogió el sable y lo colocó en el suelo.

—¿A la una sale la luna?

—La luna no ha salido —respondió Jo con voz solemne.

Otro fornido ratón con franjas negras en las orejas y una casaca dorada agarró el sable.

—TRAE ESO ACÁ. —Se arrodilló y lo dejó en el suelo—. ¿A la una sale la luna?

—¡Ahora sí! —aplaudió Ripley.

—¡JO, JO, JO! —rio satisfecho el ratón, y miró esperanzado a su capitana—. Ahora seguro que gana la capitana.

—Esto es tan absurdo como un topo lunar haciendo una voltereta —resopló la capitana Elara.

Desde donde ella estaba, no se veía ninguna diferencia. Algunos ratones ponían el sable en vertical, otros en horizontal. Eso no parecía afectar. Y dejar el sable suavemente o de golpe tampoco importaba.

Un ratón gritó «A LA UNA SALE LA LUNA» y otro lo dijo en un susurro. En ambos casos, la luna no salió.

—¿Qué ridiculez de juego es este? —refunfuñó la capitana Elara, con los dientes de diamantes lanzando destellos.

—Todos los juegos requieren de habilidad —señaló Jo—. Y habilidades, las hay de todos los gustos y colores.

—Como los pasteles —añadió Ripley—. Y los *cupcakes*. Y los bañadores.

—Pruebe a ver si sabe hacerlo —dijo April, señalando a tierra.

—Aj. —La capitana se puso lentamente de rodillas, cogió el sable y lo alzó—. ¡A la una sale la luna!

Todavía arrodillada, colocó el sable en el suelo.

Jo negó con la cabeza.

—La luna no ha salido.

LA LUNA ESTÁ ARRIBA

—Bueno, esto es un completo disparate. —La capitana Elara se puso de pie trabajosamente.

—Creo que ya lo tengo —dijo Castor. Se acercó hasta el círculo y empuñó el sable.

Cuando estuvo de rodillas, Castor colocó el sable frente a ella. Levantó la cola bien arriba y gritó:

—¡A la una sale la luna!

—¡Eso es! —Jo soltó un silbido.

—¡JO, JO, JO! ¡Ya lo sé! ¡Es el sable! —proclamó la capitana Elara, y le arrebató a Castor el sable de las patas—. El sable tiene que estar apuntando a la luna. ¡La victoria es mía!

—No. —Castor se hizo de nuevo con el sable y lo colocó en el suelo, inclinándose hacia delante—. Has perdido, madre. La luna es tu trasero. Si levantas la cola, sale la luna.

—Eso es… asqueroso —espetó la capitana con desdén.

—Sí…, es un ejemplo algo picantón de humor de campamento —reconoció Jo—. Pero hemos ganado de todos modos.

—¡JA, JA! —Ripley cogió a Castor de los brazos y la hizo girar pletórica—. ¡HEMOS GANADO CON DIVERSIÓN!

—¡Hemos ganado con panderos! —rio Mal.

—¡TOMA PANDEROS! —exclamó Molly.

Ripley saltó en el aire, toda ella formando una estrella.

—¡CASTOR SE QUEDA!

31

Estaba siendo un día muy tranquilo en el Campamento para Chicas Molonas de miss Qiunzella Thiskwin Penniquiqul Thistle Crumpet.

Una diversidad de pájaros cantaban posados en las ramas de los pinos del bosque.

Era el primer día después del último día de Castor en el campamento. Su madre había accedido a que se quedase dos órbitas más, lo que equivalía a unos seis días en tiempo leñador.

Seis días resultaron ser suficientes para que Castor consiguiera la insignia de Coser y cantar, así como la de Licencia para hornear, y resultó también que tenía un don innato tanto para la costura como para la cerámica. Se hizo además con la insignia de No madejes así, para la que tejió una alfombra en forma de luna para la cabaña Roanoke, y la de Borrón y cuenta nueva, con la que disfrutó de incontables horas ensartando diminutas cuentas de cristal en esferas infinitas que ahora decoraban prácticamente todas las cabañas. Castor demostró que tenía una destreza innata, y sus patitas ágiles y diminutas le servían de gran ayuda en sus proyectos de abalorios.

Hasta se lanzó con Barney a por la insignia de Se descubrió el pastel, pese a que ninguna de las recetas llevaba queso.

Fueron solo seis días, en tiempo leñador, lo que es un verano tirando a corto, pero para Castor lo fue todo. Fue como una vida entera.

«El tiempo es muy curioso», pensó Jo.

Mal y Molly andaban trabajando ahora en la insignia de A bombo y platillo, junto con Marcy y Maxine P. de la Woolpit, que se habían alzado victoriosas en las Guerras Galácticas e iban luciendo sus nuevos y chulísimos broches espaciales.

Pam pam pam pam

Pam pam pam pam

—Es como el ritmo de vuestro cuerpo —les explicó Kzzyzy, que además de la cocinera era la profesora de batería—. Tenéis que oír vuestro propio ritmo.

—¿Qué te parece si hacemos «La Villa Strangiato» de Rush para la prueba? —propuso Mal.

—¿Es difícil? —preguntó Molly.

Mal sacudió la mano en el aire.

—Bah.

Molly la miró con suspicacia.

LA LUNA ESTÁ ARRIBA

—Vale, pero si dura más de cinco minutos escogemos otra.

BunBun estaba tumbada boca arriba, con la cabeza apoyada en la maleta, viendo las nubes pasar.

—DÉJATE llevar por el RIT-mo —canturreaba.

Jo estaba sentada en la hierba, pensando.

Apenas unos días antes, había enviado su respuesta al CENTRO DE INVESTIGACIÓN Y DESARROLLO CIENTÍFICO.

Estimados miembros del Centro:

Les agradezco su oferta de formar parte del CUÁSAR este verano, pero en estos momentos no me es posible ocupar el puesto.

De todos modos, gracias por la oportunidad. Espero poder trabajar con ustedes en el futuro.

Jo

Ahora, todas las voces que oía en su cabeza eran suyas. Fue un alivio muy bienvenido, porque las voces del cerebro eternamente pensante y eternamente analítico de Jo eran ya más que suficiente.

—¡Saludos, mi buena amiga, compañera, confidente! —April se acercó dando saltitos y le clavó un puñetazo flojito en el hombro—. ¿Qué habilidades estás adquiriendo hoy, en esta magnífica mañana en nuestra magnífica institución?

—De hecho, estaba pensando en una cosa de la que quería hablarte —respondió Jo.

—Ah.

Jo suspiró y dio unas palmaditas en la hierba, a su lado.

—Siéntate.

April se sentó.

—Vale. A ver. Justo cuando llegó Castor, mis padres me reenviaron esta carta, sobre un curso de verano… un tema científico… que habría supuesto tener que marcharme…

—¡ARGH! ¡HORROR! —April se llevó las manos a las mejillas y se dejó caer hacia atrás. ¡SORPRESA Y CONSTER- NACIÓN!

—Sí. Así que me dio el bajón. Porque pensaba que eso sig- nificaba que TENÍA que irme. Pero luego comprendí que, ya sabes, yo había venido aquí porque *quería* estar aquí. Y eso no ha cambiado. Así que decidí que solo porque PUDIESE ir a un sitio como ese, solo porque me hubiesen aceptado, eso no significaba que estuviese obligada a ir. De modo que decidí quedarme.

—Tú aún quieres pasártelo bien —dijo April con una gran sonrisa—. Porque ya sabes, *girls just wanna have fun*…

—Sí —asintió Jo—. Yo, como señala Cindy Lauper, y como las personas de toda expresión de género, quiero pasármelo bien. Lo sabía cuando vine este verano y lo sé ahora. Solo tenía que pensar un poco al respecto.

April se abalanzó hacia ella y la aprisionó en un abrazo gigante marca de la casa, estrujándola con toda la fuerza del mundo. Si apretaba un poco más, iba a convertir a Jo en un diamante.

LA LUNA ESTÁ ARRIBA

—¡No te marches NUNCA! —gritó—. Nunca, infinitamente nunca, voy a permitir que te vayas.

—No me voy a ninguna parte —respondió Jo, estrechándola también, pese a que April le estaba dejando el brazo derecho un poco dormido—. Ahora mismo, nuestra tarea principal es convertirnos en las mejores leñadoras que podamos ser, no preocuparnos de esas cosas.

—Exacto —dijo April liberándola al fin.

Jo se tumbó de espaldas y se deleitó con los pinchacitos y cosquillas de la hierba en su piel. April se echó a su lado, todavía zumbando de energía apriliana.

—Tengo la sensación de que estoy siempre preguntándote qué piensas —le dijo April—, y de que tú siempre me respondes «nada» o «cosas». Pero yo sé que hay algo más. Y creo que sería muy instructivo e inspirador, ya sabes, que me contases un poco más de los pensamientos íntimos de Jo.

—Está bien —accedió Jo. Arrancó una brizna de hierba y mordisqueó la punta.

—Pues cuenta. ¿Qué te ronda por la cabeza? O sea, hoy.

—¿Todo?

April hizo una pausa. Lo reconsideró.

—La mayoría. Dame un ochenta y ocho por ciento.

—Vale. —Jo respiró hondo—. Hoy ando pensando en el espacio. O sea, en plan, cómo podríamos conseguir insignias por temas que tengan que ver con el espacio exterior…

—Sí... —dijo April—, aunque debo decir que hasta yo necesito un poco de ESPACIO antes de volver al trapo.

—Y luego está el ESPACIO INTERIOR, lo que me ha hecho pensar que tal vez deberíamos conseguir todas la insignia de Medítalo un poco.

—No me parece una mala idea —respondió April, y alargó un dedo para atrapar una mariposa errante.

—También he estado pensando en la insignia Contigo al fin del mundo, y de qué forma se pueden estudiar los límites entre territorios y espacios distintos.

—Mmmmmm. —April observó a la mariposa mientras esta se acomodaba para echar una siestecilla en la punta de su dedo, y decidió quedarse tan quieta como pudiera mientras la mariposa siguiese ahí.

—El problema con el espacio —continuó Jo— es que a veces es difícil saber dónde termina uno y empieza otro. O sea, sí, puedes trazar una línea y decir «Hasta aquí es un mundo y a partir de aquí otro», pero esa línea no es más que una línea que alguien ha dibujado. Y quién sabe por qué, ya para empezar. La realidad del espacio es que sus límites acostumbran a ser difusos. Y no solo a través del telescopio. En plan: ¿dónde termina la tierra y empieza el cielo, sabes? ¿Dónde comienza el hogar de Castor y acaba el nuestro? La frontera entre mundos es subjetiva y muy inestable, pero también móvil. Es decir, pienso mucho en esa gente que intenta mantener los mundos separados, porque no hay ninguna una línea que separe tu casa de esto de aquí, es solo espacio. ¿Entiendes? ¿Partículas? Y creo que eso mola mucho.

—Pero ¡¿qué quarks?! ¿Eso es lo que estabas pensando? —le preguntó April—. O sea, aquí sentada, sin decir nada, ¡¿estás pensando todas esas cosas?!

—Son algunas de las cosas en las que estaba pensando —respondió Jo—. Como un ochenta y dos por ciento.

—Esto es absolutamente impresionante —dijo April—. Eres una persona infinita y absolutamente impresionante, Jo.

La mariposa, ya descansada, batió sus alas, alzó el vuelo y se alejó llevada por la corriente de la suave brisa. April la contempló, flotando por el cielo.

—¿No hay también una teoría sobre cómo las cosas pequeñas pueden hacer que ocurran, en plan, cosas grandes? ¿Algo de una mariposa?

—El efecto mariposa —respondió Jo.

—Cambiando de tema —April se levantó de un salto y miró alrededor—, ¿dónde está Ripley?

Otra buena pregunta.

Ripley había llegado hasta una zona relativamente inexplorada del bosque, y estaba mirando un huevo muy grande y muy dorado con los ojos como platos.

—Cuando salgas —lo arrulló, rodeando con la mano el cascarón—, te voy a llamar doctor Purpurina.

En un punto más alejado del bosque, Rosie estaba plantada en mitad de lo que solo podía describirse como una pisada gigantástica.

—Ay, madre —dijo, recolocándose las gafas—. Aquí podemos tener un problema.

¡ALGUNAS INSIGNIAS LEÑADORAS!

¡MADURA DE UNA VEZ!

¿Cómo se cultiva un jardín? Con esta insignia, las Leñadoras aprenderán los fundamentos de las semillas y la tierra, de la siembra y la poda, y de todo el resto de cosas que hay que saber para pasarse a la ¡VIDA ORGÁNICA!

ASTRONO-MÍ-MÍ-MÍA

¿Ves las estrellas? Lo harás con esta insignia, que lo abarca todo, desde púlsares a planetas, y con la que explorarás los anchos confines del cielo nocturno.

NO MADEJES ASÍ

¿Te gustaría hacer tus propias beee-fandas? ¿Te sientes una borrega cuando te lías con el punto trenzado? ¡Súmate a la diversión y aprende punto y ganchillo para tejer tu camino hacia un estilo fabuloso!

DALE CUERDA

¡Por el poder de Joan Jett! Tanto si eres de eléctrica o de acústica, la guitarra es el instrumento perfecto para una joven artista en ciernes. ¡Coge una guitarra y domina los acordes con los que sacudir tu mundo!

TUTTI FRUTTI

Esta insignia es ideal para las exploradoras que quieren combinar habilidades o ampliar sus horizontes en más de un aspecto. Escoge una combinación clásica o mezcla habilidades impensadas para mostrar tu versatilidad única.

LO HAS BORDADO

Sumérgete en la labor de la que los fanáticos del tapiz llevan siglos disfrutando. Con esta insignia aprenderás la técnica del gancho y del punzón, el *appliqué* con lana y la filigrana feminista. ¡Únete a la diversión! ¡Engánchate!

BATE QUE TE BATE

Empieza el juego: bola rápida, curva, *slider*, bola de tornillo, *strikes*… Todo entra en esta insignia que rinde homenaje al gran pasatiempo americano. ¡Buen golpe!

5-7-5

Habrás de mirar / más allá de la rima / el haiku es más.

MÁS VALE PREVENIR QUE CURAR

Impide que se produzcan incendios forestales, cortocircuitos, tropezones, caídas y todo un sinfín de accidentes y contratiempos evitables con esta insignia enfocada a la precaución y a aquellos que necesitan más concienciación al respecto. La seguridad es la principal prioridad de una exploradora; con esta insignia, estarás preparada.

LO TUYO ES PURO TEATRO

¡El mundo entero es un escenario! Saca a la actriz que llevas dentro con esta insignia pensada para exploradoras que necesitan EXPRESARSE.

TIEMPO AL TIEMPO

¡Tictac, leñadoras! ¡El tiempo vuela cuando una lo pasa bien! ¿O no? La cosa, por cierto, va de relojes de sol.

MI CABAÑA ES TU CABAÑA

Ser una buena anfitriona, para las exploradoras, es algo más que mera etiqueta. ¿Cómo consigues que tu hogar, tu ciudad o tu escuela sean lugares acogedores para los recién llegados, en cualquier momento y vengan de donde vengan?

KOMBAYÁ

Una y diez, lávate los pies, y con la comba salta que saltaré. Pasa al siguiente nivel y descubre todas las virguerías que se pueden hacer combinando saltos y cuerdas. ¡Aprende el Látigo Cruzado, el Rock and Roll, el Perrito Caliente y la Punta Lateral al estilo Halperia!

ADIVINA ADIVINANZA

¿Te gustan los juegos de palabras? ¿Los cálculos mentales? Adéntrate en el laberinto con esta insignia para las exploradoras que quieran desentrañar los acertijos más desconcertantes.

BORRÓN Y CUENTA NUEVA

¡Vidrio, hueso, arcilla, nácar, madera, plástico y cristal! Ensartadas por las exploradoras merecedoras de esta insignia, estas cositinas aguje-readas pueden convertirse en fabulosas obras de *art-à-porter*.

A BOMBO Y PLATILLO

Dale a la percusión con esta insignia para exploradoras apasionadas del ritmo.

MARIKO TAMAKI

es una escritora conocida, entre otras obras
destacables, por su novela gráfica *This One
Summer*, creada en colaboración con su
prima Jillian Tamaki y ganadora de la medalla
Caldecott y del premio Printz. Puedes seguir
su trabajo en marikotamaki.blogspot.com.

BROOKLYN ALLEN

licenciada en Arte y Diseño en el
Savannah College, es una de las
cocreadoras, así como la ilustradora
original, de la serie de novelas gráficas
de las *Leñadoras*. Su página web es
brookeallen.tumblr.com.

¡Avisa a todas las chicas molonas!

Descubre cómo empezó la aventura de las

SAPRISTI

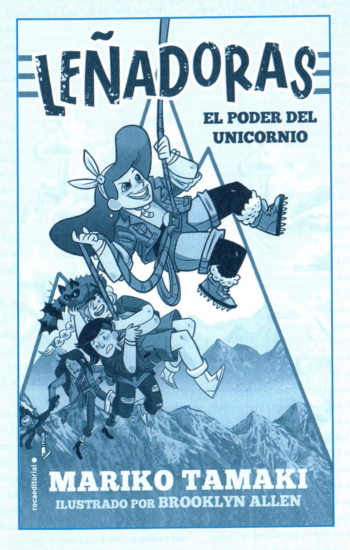

rocaeditorial